은아목장 이야기

The Story of Euna Farm

은아목장에서 세계로 나가는 농업 마이스터 조옥향의 삶

조옥향 지음

'행복'을 공유하는 갑진 시간이기를...

책을 쓴다는 것은 새로운 모험입니다. 민낯을 여과 없이 드러내는 일이기에 조심스럽습니다. 자신이 걸어온 삶의 궤적을 오롯이 지면에 옮기는 일이 쉬울 리 없습니다. 떨치기 힘든 두려움으로 다가올 것입니다. 두려움을 느끼는 밑바탕에는 두 가지를 충족시켜야 한다는 부담감이 깔려 있습니다. 지극히 개인적인 삶의 내밀함이 글감으로서 가치가 있음을 자신하는 일과 이를 가감 없이 보여줄 수 있는 담대한 용기를 내는 것입니다. 그 용기는 진솔함을 동반할 때 생겨납니다.

은아목장 조옥향 회장의 글을 받고서 첫 장부터 마지막 장까지 단숨에 읽었습니다. 섣부른 우려가 무색했습니다. 그의 소망대로 누군가에게 살아갈 힘과 위안을 주기에 충분했습니다. '낙농업계 대모'이자 목장경영을 이어받은 두 딸의 어머니, 아내 그리고 할머니로서 살아온 치열함과 삶을 대하는 진지함이 묵직한 울림으로 전해집니다. 한평생 낙농업 발전에 헌신한 조 회장의 고단함과 암 투병으로 흘린 눈물도 행간에 어려 있습니다.

조 회장과의 인연은 20여 년이 넘습니다. 농림축산식품부 축산정책과장 재임 시절, 농업 행정가와 낙농가로 만났습니다. 저는 야심 찬 낙농가인 조 회장의 경륜과 원숙함에 놀랐고, 조 회장은 저의 혁신적

마인드에 탄복했다고 훗날 말씀하시더군요. 지금은 지나온 세월의 더께만큼 서로의 안부를 묻는 든든한 조력자가 되었습니다.

변화에 도달하는 길은 외로운 길입니다. 성실 하나로 살아가는 사람은 반드시 남에게 감동을 선물합니다. 타인의 시선에 위축되지 않는 당당한 삶, 굴곡지지만 더없이 맑고 풍성한 삶을 살아온 흔적. 그는 오직 세상과 이웃에 대한 감사와 사랑을 나누려 애써왔습니다. 지금, 이 순간, 자신이 희망하는 일을 하고 있다면 '행복'이라는 단어를 떠올려도 좋을 것 같습니다. 은아목장 조옥향 회장만큼 행복한 사람도 흔치 않을 것입니다. 저자와 담백한 만남을 통해 행복을 공유하는 값진 시간이기를 기원합니다.

농촌진흥청장 **김경규**

젖소 엄마

조옥향 작가, 이제는 작가라 불리어도 전혀 어색하지 않을 이름이지만 우리 갑상선 카페에서 익숙해진 '젖소 엄마'라는 애칭이 더 친근하게 다가오기 때문에 그냥 '젖소 엄마'라 칭하겠다.

엄격하게 말하면 젖소 엄마와의 관계는 환자와 담당 의사의 관계다. 2016년 12월 어느 날 작지 않은 갑상선 암 수술을 받고 얼마 있지 않아 폐암 수술까지 받았는데 경과가 좋아 이제는 큰 걱정 안 해도 될 만큼 회복하였다. 소위 암 극복 2관왕이 된 것이다.

이분을 처음 본 인상은 완전 시골 아줌마였다. 강렬한 햇살을 받은 시골 아줌마 피부를 하고 있었다. 그러나 이런 외모와 피부에서 범상치 않은 기품과 지혜가 풍겨 나옴을 느낄 수 있었다.

현재 그녀는 2만 평이 넘는 농장과 목장의 실질 경영주이고 한국 낙농 계의 대모로 이 분야를 이끌고 있다. 빼어난 미모를 가진 그녀의 두 딸, 손녀 손자, 그리고 목장 일밖에 모르는 남편과 많은 동물 가족(젖소, 돼지, 말, 강아지 등)들이 한 가족을 이루어 자연 속에서 생활하고 있다. 현재에는 우유, 치즈 등 유가공에 힘을 쏟고 있고 어린이들을 위한 체험 학습의 기회도 제공하고 있다.

TV 공식 프로그램에도 여러 번 소개된 적도 있다. 그녀에게는 치즈 등 유가공에 관한 것이라면 세계 어디라도 찾아가 한 수씩 배워오는 열정이 있어 세계 곳곳에 친구들이 많다. 그녀의 목장 풍경이 "저 푸른 초원 위에 그림 같은 집을 짓고"가 연상되는 것은 아마도 선진국 목장의 영향 때문이 아닐까 싶다.

2017년 7월에 쓴 그녀의 글 한 조각이다.

"마침 유럽으로, 미국으로, 일본으로 유가공을 배우러 다닐 적에 예쁜 집을 많이 보았다가 내 살 집을 짓기로 했다. 목수가 벽을 북유럽풍으로 연 베이지색으로 칠을 해 엉엉 울었다. 평생소원인 하얀 집의 꿈을 이룬 것 같아 목놓아 울었다."

최근에 그녀는 베트남에 가서 유가공 경험을 전수하고 돌아오기도 하였다. 필자는 2017년 7월부터 11월까지 좋아하는 장욱진 화백의 동화적이고 몽환적인 그림 중 100점을 골라, 매일 한 점씩 갑상선 카페에 올리는 기획을 하였다. 환자들의 현실은 우울하지만, 장 화백의 그림을 보면 위안이 되지 않을까 해서다.

이때 젖소 엄마가 그림이 올라올 때마다 댓글 형식으로 그녀의 이야기를 풀어낸 것이다. 매회 그림을 올릴 때마다 오늘은 무슨 이야기를 풀어 놓을까 기대를 하곤 했다. 2017년 7월 23일 황소 그림이 올라왔을 때 그녀가 어렸을 때의 이야기를 댓글로 달았다.

“집에 큰돈 쓸 일이 있어 아버지가 급히 새끼 낳은 암소를 팔러 가셨답니다. 어미는 새끼 두고 안 간다고 눈깔 부라리며 울고, 송아지도 목이 쉬게 울며 어미를 찾고 해서 장정 네 명이 끌어 간신히 소 모녀가 생이별했답니다. 집에 오셔서 허리에 찬 돈을 풀어 놓으시며, ‘사는 게 뭔지!’라고 하시며 저녁도 안 드시고 우시며 술 사발 드시다 잠드셨대요. 1957년 그 시절 농촌에서 소는 현금이고 귀한 재산이었지요.”

그녀의 글은 투박하다. 꾸밈이 없다. 화장기 없는 여인의 생얼 같은 글이다. 그러니까 진정성이 있고 진실성이 있어 독자들의 마음을 촉촉하게 한다. 또 그녀의 글 한쪽을 보자.

“제 나이 열세 살쯤 작은 집을 사셨어요. 그 집으로 이사 가던 날, 마당도 없고 하늘만 빼꼼 보이는, 서울에서 첫 장만 한 방 두 칸짜리, 건평 12평짜리 한옥이 엄마는 좋으셔서 잠도 못 주무시며 쓸고 닦고 하던, 영등포의 닥지닥지 붙은 작은 집이 기억납니다.”

"처음 목장을 일구겠다고 여주 깊은 산속으로 들어와 살 때는 길도, 전기도 없는 오지였다. 텐트를 치고 개울물 길어 나뭇가지를 주워 냄비밥을 끓여 먹으며 나무를 베어내고 나무뿌리를 캤다. 5월이었는데 밤에는 냉기가 올라와 추웠다. 몇 달을 고생하여 우사를 짓고 곁방에서 아이들을 낳고 소를 키우며 살았다. 젖소는 한우랑 달라 병이 많고 약해 주인의 사랑으로 키워야 장수할 수가 있었다. 걸음이 불편한 나는 우사 곁 살림집에서 설거지하면서도 소를 관찰하고 울음소리를 들으며 살았다. 두 딸을 낳고 그들도 방목시키는 송아지처럼 내 버려두고 젖을 짜고, 송아지를 받아 내고, 소를 늘려가며 우사 옆 관리사에서 두 딸이 고등학교에 갈 때까지 살았다."

카페회원인 어느 약사의 글을 보자.

"젖소 엄마님의 촉촉한 회고적인 이야기들은 암 환자라는 절망감, 우울함을 저만치 떨쳐버리는 데 큰 힘을 주시고 지치고 힘든 우리의 영혼에 따뜻함과 희망과 용기를 불어넣어 주십니다."

이 약사님의 표현처럼 젖소 엄마의 가난했던 그 시절의 이야기가 우리들의 가슴을 적시고 있는 것이다. 지금 우리가 이 만큼 살게 된 것은 우리 아버지 어머니 세대가 그 고난을 견뎌낸 덕분 때문이라고 그녀는 글 곳곳에서 강조하고 있다. 그녀의 희망을 들어보자.

"나 좋아 사는 삶이었으니 부끄럽거나 후회가 들지 않는다. 그러고 보니 사십 년을 이곳에서 살아간다. 짧지 않은 세월이었는데 빨리도 흘렀다. 욕심부린다고 될지 모르지만, 대를 이어 농부가 되었으면 좋겠다. 딸이 물려받고 초등학교 다니는 손주들이 농업학교를 선택하고 먹거리를 고민하는 농부가 되었으면 좋겠다. 하늘을 우러러 부끄럼 없이 열심히 땅을 지키는 착한 농부가 되었으면 좋겠다."

이미 그녀의 꿈은 이루어지고 있다. 누가 뭐래도 지독하게 가난했던 시절, 봉건적인 환경을 억척스럽게 살아내며 성공적인 삶을 이루어 낸 젖소 엄마이다. 끝없는 존경심과 사랑을 보내고 싶다.

2019년 8월 어느 날

연세대학교 의과대학 강남세브란스병원
갑상선암 센터 교수 **박 정 수**

후진 양성에 온 힘을 바치고 싶습니다

중복이라고 집안 친척들이 모여 식사를 하고는 은아 카페로 오셨습니다. 머리가 허해져 함께 늙어가는 가까운 지인들이 오셔서 우리는 시간을 초월한 추억 여행을 잠시 다녀왔습니다. 어릴 적부터 함께 자라고 이제는 나이 먹어 다들 반백이 되어 있지만 언제나 반가운 분들입니다.

이곳에 터를 마련하고 산 지 어언 40년이 되어 가고 내 나이 칠십이 얼마 안 남았습니다. 두 딸을 낳아 키웠던 곳에서 손주 셋이 자라고 있지만, 이들은 내가 살아온 시절을 모르고 있습니다.

가난 속에서 다들 허리띠 졸라매고 살아온 시절, 그 기억이 흐트러지기 전에 지난날의 이야기를 남기고 싶기도 하고, 지금처럼 먹을거리가 호화스럽지 않았지만, 다정하고 따스했던 지난날을 기억하고 싶어서 이 책을 내기로 마음먹었는지도 모르겠습니다.

삼 년 전 갑상선암과 폐암 수술을 받고 한동안 두렵고 무서워 벌벌 떨었습니다. 암 덩어리가 몸속을 점령하고 곧 죽을 것 같은 두려움 속에서 덜덜 떨며 간구를 했습니다. 평생 젖소 키우고 살아왔던 시절과 내가 아는 것을 남기고 싶다는 희망, 종일 소들과 살다 지쳐 하루 일을 끝내고는 낙농 공부를 했고, 그것을 실천하면서 기록하는 재미에 빠져 젊음을 보냈습니다.

하나하나 적어 모아두었든 내 삶의 기록이 여기저기 꽤 많이 있었습니다. 특히 암 투병을 하며 썼던 글을 보니 어색하고 어설프지만 한 권의 책으로 남겨 혹시 질병으로 마음고생이 하시는 이들에게 먼저 그 길을 걸은 사람으로 견딘 과정을 덤덤히 이야기하고 싶고, 무식하게 낙농 공부도 하지 않고 젖소하고 고단한 삶을 살아온 기록이 행여 도회지 삶이 지겨워 자연의 삶을 꿈꾸는 분들이 용감무쌍하게 황무지를 개간하면서 젖소하고 불같이 살아온 삶을 보고 용기를 내어 지금이라도 꿈을 이루어 보시라고 전하고 싶었습니다.

지금은 나이를 잊고 살고 있고 죽음도 두렵지가 않습니다. 이렇게 살게 도와준, 매일 다투며 아웅다웅 살아가는 애들 아빠 그리고 두 딸과 세 놈의 손주들이 있어서 가능했습니다. 늘 고마운 사위와 사돈 댁에도 고개 숙여 감사의 인사를 올리고 싶습니다.

나 혼자 덩그러니 이 모든 일을 할 수 없었습니다. 저세상 분이시지만 친정아버지의 유고를 실천에 옮겼기 때문에 가능했습니다. 이제 인생 소풍 길 마치고 행여 그분을 만나면 자랑스럽게 "아버지, 생인 손가락이던 당신 큰딸이 이리 살았어요"라고 자랑하고 싶습니다. 정신 줄이 희미하시지만 늘 힘을 주시는 친정어머니, 김경자 여사님께

이 모든 영광을 돌리고 싶습니다.

낙농기술을 전수해 주시던 많은 지인, 특히 일본 낙농학원대 안도 고이치 교수님과 헝가리의 나르시츠 님께 평생 동지로 감사한 마음을 보냅니다.

얼마를 더 살아갈지 모르지만 주어진 시간을 알뜰히 후진 양성에 온 힘을 바치고 싶습니다.

이 책을 나올 수 있도록 격려해주신 거북이 카페 박정수 교수님과 환우들께 감사하고 함께 지내고 싶습니다.

2019년 8월 **조옥향**

제 1 장 은아목장을 세우다

제 2 장 두 개의 암에 걸리다

제 1 장
은아목장을 세우다

나의 어린시절

1953년, 6.25 사변 후에 서울 용두동에서 부친 조봉섭, 모친 김경자의 장녀로 내가 태어났습니다. 누구나 가족사를 말하려면 가슴이 '짠'하겠지만 나 역시 전쟁 후 어렵게 살던 시대에 태어나 기억 속에 나의 어린 시절은 매우 궁핍했습니다.

아버지는 지금의 목장 터 뒷동네 소댕이라는 곳에서 300년을 넘게 살아온 가난한 빈농의 맏이로 태어나셨고 양자로 가셨기 때문에 두 분의 아버지와 네 분의 어머니를 모시고 사셨습니다.

초등학교를 간신히 졸업하시고 농사일로 살길이 망막해 16살에 무작정 서울로 올라가 일본인 치과에서 기공을 배워 치기공사로 지내면서 독학으로 치과 의사면허를 취득하신 입지전적인 분이셨습니다. 그런 아버지가 돌아 가신지 어언 20년이 되어 갑니다.

친정어머니는 지금 생존해 계시는데 아버지하고 나이가 14살

차이로, 6.25 사변 후 여주로 피난 오신 노총각 아버지를 만나 혼인을 하셨다고 했습니다. 엄마는 강원도 구 철원읍이 친정인데 만석지기 부잣집 외아들인 외할아버지는 동경 와세다 대학 영문 학부를 졸업하신 인텔리셨지만 일본이 패망 후 3.8선이 가로 놓이고 6.25 사변으로 재산을 몰수당하여 맨몸으로 피난 나와 외할머니가 34살에 폐렴으로 요절하시고 고생이라고는 모르고 사시던 한량 외할아버지는 일을 잘 못 해서 결국 집안이 망했다고 했습니다. 그래서 어머니는 어린 나이에 남의집살이하다 전쟁 통에 식구들을 잃어버리고 단신으로 여주로 피난을 나오셨고 17살에 아버지를 만나 혼례를 치르셨습니다.

일정 때 2차 세계 대전으로 암울한 시절을 산 아버지도 이북 함경북도 수풍 발전소 부속 치과 대학병원에서 치과의사로 계시다가 세월이 뒤숭숭하여 6.25 전쟁이 나기 2년 전에 사표를 내고 내려오시어 충북 음성 생극면에서 개업하셨습니다. 그러다가 6.25 사변에 치과의원이 폭격을 맞고 고향에서 피난 생활을 어렵게 하셨다고 했습니다.

가난한 빈농의 농사일을 얼마쯤 하시다 임신한 아내를 두고 도강증을 얻어 서울로 가시어 자리를 잡고 엄마를 불러올려 음력으로 6월 12일, 남의 집 단칸방에서 오후 6시경에 나를 낳으셨습니다.

그 후 동생들이 줄줄이 태어나 2남 3녀의 맏이로 아버지께서 영등포에서 치과의원을 개원하셔서 영등포에서 어린 시절을 보냈습니다. 아이 다섯이 될 때까지 가난한 치과의사는 남의 집 곁방살이를 하면서 살림을 일구셨습니다.

나는 만 두 살인가 세 살에 소아마비를 앓았다고 했습니다. 지금도 왼쪽 다리에 마비가 와서 잘 못 쓰고 보조기를 신고 목발을 집고 다니고 있지만, 어릴 적에 엄마가 날 업고 한약방에 가서 마비로 늘어진 다리에 침을 놓고 뜸을 뜨면 내가 뜨겁고 아파서 울고 몸부림을 치면 날 붙잡고 울던 엄마의 모습과 쑥 냄새와 안경 쓴 침쟁이 노인네 얼굴이 희미하게 기억이 나는데 아마도 다섯 살 때인 것 같습니다.

가난한 치과 의사였지만 그래도 생활력이 강하신 아버지 덕분에 배고픔을 모르고 자랐고 아버지는 가족들에게 헌신적이고, 가부장적이긴 하시지만 자애로우셨고 자식들을 끔찍이 사랑하셨습니다.

파란 하늘에 붉은 코스모스가 하날 거리게 예쁘게 피는 태몽을 꾸셔서 이름을 구슬처럼 예뻐지라고 구술 옥(玉), 향기로운 꽃이 되라고 향(香)으로 직접 지어주셨습니다. 이름대로 향기로운 구슬처럼 살고 싶었는데 어릴 적에는 "이름 때문에 네 다리가 그리됐다"라고 푸념을 많이 듣고 자랐습니다.

집도 없이 오 남매를 데리고 남의집살이하면서 내가 초등학교 5학년인가 되었을 때 영등포에 작은 집을 살 수 있으셨습니다. 13

평짜리 대지에 닥지닥지 붙은 한옥, 마당도 없는 방 세 칸짜리 작은집인데 그나마 문간방은 방림방적 여공들에게 세를 놓고 큰고모가 올라와 엄마랑 다리가 불편한 내가 걸어서 학교 다니기 좋게 그 집을 사셨습니다. 이사 가는 날 엄마는 좋아서 밤늦도록 마루에 불을 켜놓고 잠을 못 이루셨습니다.

나는 동생들하고 다락방에서 여름이면 잠을 자고 공부를 했습니다. 사촌들이 공부한다고 서울로 유학 오기 전까지, 내가 여고를 졸업 하기 전까지 10여 년을 그 집에서 살았습니다. 그곳이 좋은 집터인지, 치과의원이 잘되었는지, 지금 목장 터를 1960년경에 국유지였던 것을 불허를 받으실 수 있었습니다. 당시 가격이 평당 3원 몇십 전이었는데 십만 평이나 되었기 때문에 상당히 큰돈이었습니다.

아버지께서 어릴 적에 겨울에 '산디'라고 부르는 그곳에 땔 나무를 하러 가시면 산세가 삼태기 업어 놓은 것 같고 포근하고 북풍을 막아주어 추운 줄도 모르고 나무 한 짐을 해서 내려오시면서 그 땅을 사고 싶으셨다고 했습니다.

신 씨 문중 소유였다가 일본인에게 팔리고 해방이 되면서 국유지로 땅이 귀속되어 있었는데 하루는 작은 숙부가 오셔서 신 씨 문중에서 이 땅을 사려고 쫓아다닌다는 소문을 알려주셔서 어찌어찌하여 그것을 입찰로 사셨으니 평생 당신 소원을 이룬 셈이었습니다.

그 땅을 사고부터 우리 가족의 농장 입문기는 시작되었습니다. 시골에 내려오면 "아무짝에도 쓸모없는 땅을 사서 뭐 하냐고 차라리 그 돈으로 논을 사면 해마다 나오는 도지가 얼만데"라고 친척들이 수군거렸습니다.

아버지는 평생 낚시를 좋아하시어 잠실로 낚시를 다니셨는데 그곳에서 배추 농사를 짓던 먼 집안 아저씨가 이곳이 장차 개발된다니 밭뙈기 하나 사두라 하셨는데 그 소리가 귀에 걸리지 않았다고 하셨습니다. 언젠가 그때 배추밭 아저씨 말을 듣고 밭 한 뙈기 사 두었으면 땅 부자가 되었을 텐데 붕어만 잡을 줄 알았지 돈을 좇지 않으셨다고 푸념을 하셨습니다.

나의 아버지

아버지는 제대로 신식 교육을 받지 못했지만, 유교 사상이 투철한 양반 집 장손으로 한문 공부를 하신 분이십니다.

초등학교를 졸업하고 16살에 서울에 단신으로 상경하여 일본인 치과에서 숙식하면서 치 기공 기술을 배우시고 독학으로 치과 의사면허를 취득하신 분이셨지만, 그분은 농부의 자식이었습니다. 가난한 소작농의 맏아들로 농사의 어려움과 배고픈 서러움을 아시는 분이셨습니다.

아버지는 오 남매를 키우실 때 밥상에서 밥 한 톨 안 흘리게 훈육을 시키셨고 봄날에 병원에서 환자를 보시다가도 날이 가물어서 모를 못 심고 거북이 등같이 갈라진 논바닥에서 하늘만 쳐다보는 농민들의 사진이 신문에 나오면 애간장을 태우셨습니다.

가끔 시골 사는 숙부가 새카만 얼굴로 올라오면 모를 심었는지 물으셨고, 못 심었다고 하면 돈을 내려보내 양수기를 사게 하셨습니다. 가난하고 배고픈 농사를 천직으로 아시던 아버지는 환자를 보면서도 넓은 들판에서 농사를 짓고 싶다고 하셨습니다. 머리만 쓰면 가난한 농촌이 아니고 부농을 이룰 수 있다는 가치관을 가지고 계셨습니다.

산을 사시고 몇 년 동안 아버지의 투잡(two jobs)이 시작이 되었습니다. 그분 지론은 산에 잡목을 베어내고, 초지를 심어 소를 키우고, 그 분뇨를 받아 과수를 심고, 나무 밑에 산나물을 심어 채취하고, 소를 길러 새끼를 팔고, 지금으로 말하면 복합 영농을 실천해야 한다는 것이었습니다.

새마을 운동을 국가에서 시작하기 전에 경제 부국 농촌을 꿈꾸시고는 시골 숙부님께 닭장을 지어 닭을 키우라 하고 한우 다섯 마리를 사서 일꾼을 붙여 매달 한강 물에 자갈 붇듯이 돈을 내려보내셨지만, 그 계획은 삼 년도 안 가 손을 드셨습니다. 생각대로 남의 손을 빌려 하는 축산은 되지 않았습니다.

산에 집과 우사를 지어야 했는데 숙부님 댁 마당 텃밭에 흙벽돌을 찍어 우사를 짓고 닭장을 짓고 머슴이 매일 꼴을 지어 날라 풀을 먹었는데 그게 쉬운 일이 아니었습니다. 소를 방목시킨다고 다섯 마리를 끌고 산으로 다니다 비를 만나기도 하고 고생을 하니 머슴도 도망가고 숙부 내외가 그것을 하다 농사일도 안 된다고 원성이 높아 결국 포기를 하신 것입니다.

밤나무 묘목을 안 팔던 시절이라 밤 세 말을 사다 모를 길러 목

아버지와 어머니

장 터에 심은 게 내 나이 고등학교 때였습니다. 집안 오라버니가 식목일 날 초등학교 학생들을 동원하여 밤나무를 그늘에 심고 그 해 학교에 풍금을 사서 기증을 하기도 했습니다.

내가 19살 봄에 여주 농고 임학과 학생들이 나와서 삽목을 했습니다. 개량종인데 그게 지금 고목이 되어 목장 곳곳에 있습니다. 오십 년 전 이야기이네요.

은아목장의 초창기

내 나이 30살에 두 남자를 꼬드겨(?) 무작정 보따리를 쌌습니다. 오월 논 매미에 물이 가득하고 개울에서는 올챙이 밥이 둥둥 떠다니며 송사리 헤엄치는 개울길을 따라 십오 리를 걸어 다녔습니다.

동네 작은집에서 기거하면서 산속 목장 터를 만들기 위해서 송진이 끈적거리고 손가락만 한 송충이가 꿈틀대는 소나무 등거리를 잘라냈습니다. 목장 터가 간신히 장만 되자 산속에 움막을 쳤습니다. 십오 리 길을 다니는 것도 아깝고 아침 일찍부터 나무뿌리 하나라도 더 뽑아내야 했기 때문입니다.

따비 괭이와 손톱으로 소나무를 자르고 아카시아 뿌리를 뽑아냈습니다. 손에 물집이 잡히고 온몸은 벌레에 물려 따갑고 가려웠습니다. 텐트 안에서 밤에 등을 누이면 냉기가 올라와 아침이면 몸이 무거워 얼굴은 퉁퉁 부었습니다.

전기도 식수도 없는, 하늘만 달랑 보이는 산속은 삼십 년생 리기다소나무와 아카시아만이 무성했습니다.

개울가 작은 도랑에서 물을 마시고 쌀을 씻고 나뭇가지를 주워서 냄비가 새까맣게 되도록 밥을 해 먹었습니다. 개울물을 길어 쌀을 씻다가 보면 하얀 밤꽃이 뽀글거리는 아가씨 머리처럼 바람에 요동치고 바람결에 싸한 밤꽃 냄새가 첫사랑 얼굴에서 나는 스킨향처럼 느껴졌습니다.

우리가 사는 꼴을 보러 감자 밑반찬을 담아오신 집안 어른들은 한심하고 불쌍하다고 친정아버지께 측은한 눈빛을 보내셨습니다. 남들 눈에 한심한 짓거리로 보이겠지만, 나는 꿈에 부풀었습니다.

'그래 10년만 버텨보는 거야. 10년 후에는 서울 것들이 다른 짓을 했다는 소리 듣게 될 거야'라고 확신하면서 못 들은 척했지만 난 역시 치마 두른 여자였습니다.

이듬해부터 아파트 팔아 산 소들이 본전도 못 건지는 악순환 속에 설상가상으로 한우를 젖소로 바꾸는데 한우 2마리에 젖소 1마리인데, 그것도 바가지를 써서 3마리 중의 1마리는 홀스타인종으로 기초등록도 안 되고 한 마리는 초산이 아닌 3산 짜리 젖소였습니다.

S 우유에 정조합원으로 거금을 들여 가입신청을 했지만 잘못 일 처리한 남자들 실수로 준조합원이 되었습니다. 그래서 우유가 남는다고 아우성치던 어느 해에는 납유한 것을 돈으로 주지 않고

분유로 주어서 생활비가 모자라 엄청나게 고생한 적도 있습니다.

그 참담하고 아득함이란 끝이 없었습니다. 사룟값도 주고 목장을 경영해야 하는데 올망졸망 공밥 먹는 식솔들은 많고 생활비가 없어 장에는 가보지도 못하고 한 해를 보냈습니다.

둘째 아이를 임신 중인데 분만할 병원비가 걱정돼서 날밤을 새우던 시절이었습니다. 의료 보험도 안 되는 때였습니다.

친정어머니가 생활비 쪼개서 젖소를 사주신 게 있는데 그 후손이 지금 우리 집에서 최장수하는 '오순이 엄마'입니다. 그 젖소가 새끼를 낳아 준 것을 비육을 시켰습니다. 수송아지는 키워 비육시켜 엄마를 드리고 암놈을 엄마 몫으로 키우기로 했습니다.

친정엄마는 나중에 형편 되면 갚으라면서 수놈 비육시킨 것을 키워서 새끼를 낳으라고 하셔서 돈 걱정에 새카만 얼굴로 밤잠 못 자 까칠한 나에게 살길을 열어주셨습니다.

하늘이 노랗고 꺼질 듯 보였던 그 암담했던 시절의 답답함이란... 큰아이가 돌이 지나 아장아장 걷는데 그 어린 것한테 예쁜 옷 한 벌 제대로 사주지 못했습니다. 아이가 아파서 병원에 가면 꾀죄죄하고 흙 묻혀 온 것은 내 아이뿐이었습니다.

서울서 파견 나온 의사가 내 몰골을 보더니 제일로 고생하는 게 농부라며 측은해하면서 병원비도 감해주고 영양제도 주곤 했습니다. "산모는 잘 드셔야 합니다. 농부들은 애국자이십니다"라는 말도 해 주었습니다.

둘째 임신 중인데 고기가 환장하도록 먹고 싶어도 선뜻 푸줏간에 가지를 못했습니다. 못 견딜 것 같은 시간을 꽤 여러 달 보냈습니다.

아이 낳으러 병원에 가니 의사 선생님은 측은한지 남편이 비육소 팔아 가져 온 돈만 받고 나머지 병원비는 단산하면 주는 정부 보조금 혜택을 받게 해주어 작은아이 지아를 낳았습니다.

바닥이던 솟값이 치솟고 우유가 모자라게 되는 상황이 오자, 어느 날부터 고자세이던 유업체 분들이 웃돈을 들고 와서는 이웃들을 하나둘씩 모셔갔습니다. 그런 고비를 몇 번 넘겼습니다.

어려움이 지나고 나면 그래도 괜찮은 시절이 왔습니다. 그 당시에는 그것조차 몰랐지만 지금 회상해보니 어려움을 견디면 좋은 시절도 반드시 있었습니다.

아이는 자라서 자기 인생을 찾아갈 나이가 되고, 나는 생을 정리할 나이가 되어가고...

밤나무 그루터기에는 밤꽃이 이제 꽃술을 살짝 내밀었습니다. 하얀 밤 꽃술이 말없이 세상사 돌아가는 이치를 말해 줍니다. 황량하고 넓은 옥수수밭은 제초가 안되 널브러진 풀밭과 얄밉도록 기어 나오는 어저귀를 화풀이하듯이 뽑아냈습니다. “빼꾹 빼꾹” 울어대는 빼꾸기 소리만 귓전을 때립니다.

견디어 봅시다. 살아가 지더이다.

은아목장 이름의 유래

왜 은아목장이라고 이름을 지었는지 말하고 싶네요. 지은(知恩), 지아(知兒), 두 딸은 내가 이 세상을 살다간 유일한 흔적인데, 33살에 큰아이, 지은이를 결혼 7년 만에 낳았습니다.

오랜 기간 아이를 잉태하지 못한 욕심에 건강한 아이를 낳고 싶은 마음뿐이라서 첫째 아이의 성별에는 너그러웠습니다. 다행히 한번 길이 열리더니 삼신할미는 연년생으로 작은아이를 주셨는데 이왕이면 고추를 낳고 싶었습니다.

제왕절개 후 마취에서 깨면서 간호사에게 성별을 간신히 물으니 아주 간단하고 짤막하게 "딸"이라고 하는데 서운함이 가슴을 스쳤습니다. 남편은 목장 일이 바쁘다며 5일 후에서나 병원에 와서도 핏덩이 얼굴조차 보지 않았습니다.

몇 년 후 술김에 하는 말이 "나 닮은 놈 낳지 말고 자네 닮은 예쁜 딸을 낳으라고 했지만, 막상 장모님에게 딸을 낳았다는 전화를

지은

지아

받자 눈물이 핑하고 다리가 후들거렸어"라고 했습니다. 왜냐하면, 더는 아이를 가질 수 없어서 작은아이를 낳고 자궁을 절제했기 때문입니다. 아이를 받은 의사는 아침 회진 때마다 마치 자신의 잘못으로 딸이 태어난 듯 미안해했고, 친정아버지는 산모 머리맡에 앉아 앞으로 닥칠 딸의 팔자가 갑갑하신지 줄 담배만 펵펵 태우시며 속상해하셨습니다.

서럽게 태어난 둘째 지아... 그 아이는 지금 나의 꿈이고 아빠의 실질적인 아들놈입니다.

목장 이름을 지어야 하는데 '지은 목장'은 작은아이가 서운해할 것이고 '지아 목장'은 큰아이가 시샘할 듯싶어서 돌림자를 버리고 두 아이 이름의 뒷글자만 따서 '은아(恩兒) 목장'이라고 했습니다.

귀농 후 아이 둘을 키우며 젖소를 한국 최고의 소로 만들었기 때문에 줄줄이 농가들이 견학한다며 몰려왔을 때 그들은 무심코 재산 물려줄 아들도 없는데 누구 주려고 이 좋은 소를 만드셨냐고 돌을 던지듯 한마디씩 했고 그런 소리를 들은 밤에는 서럽고 서러웠습니다.

지아가 6살이 되던 해, 아이는 무심한 어른들에게 "내가 이담에 부잣집 둘째 아들 데려와 우리 집 소를 키울 거예요"라고 멋지게 쏘아붙였습니다.

그 아이는 농고 축산과를 진학했고 방학이면 일을 했습니다. 힘에 부친 일을 하면서도 힘들다는 소리 한번 안 하고 "아빠, 내가 아들인 줄 알아. 힘든 일을 그냥 막 나한테 시켜"라고 했습니다.

그녀는 지금 홋카이도에서 낙농을 공부하며 장차 치즈의 명인으로 은아 목장을 지켜줄 후계자의 길을 가고 있습니다.

아들이 없는 남편이 안쓰러울 때가 나이가 들면서 점점 더 많아집니다. 나이 들어 쇠잔해져 가는 남편이, 아들이 있는 집은 일손을 도와줄 후계자가 있어서 느긋하건만, 아파도 쉬지도 못할 때는 측은합니다.

찬란한 봄날에 젖소와의 뽀뽀

긴 겨울의 터널을 올해는 시시하게 보냈습니다. 동장군이 이 소리를 듣고 올겨울에 두고 보자고 벼를지 모르지만, 남쪽에서 부는 바람이 푹푹하고 창문을 열고 나다니고 싶어지네요.

지난겨울 이른 새벽에 하얗게 내린 눈을 뽀드득 밟고 아이하고 아침에 고인 사랑을 퍼 담으러 착유실로 가면 스치는 바람에 뺨이 아렸습니다. 그래도 초롱 거리는 별빛과 조각 달이 참 고왔습니다. 아침에 일찍 여명의 햇살을 만끽하는 즐거움에 발이 시린 줄도, 뺨이 어느 줄도 모르고 아침을 맞았습니다.

착유실에서 젖소들과 아침 인사를 나누고 그녀들의 허연 성애를 뿜어내는 입김을 보며 밤새 추위에 떨었을 차가운 그녀들의 꼭지를 살며시 더듬었습니다. 긴 겨울이 지루했는데 계절의 변화란 참으로 묘해서 어느 날부터인가 밤이 짧아지고 우울하던 햇살이 정기를 받은 양 찬란해졌습니다.

운동장에서 추위에 웅성거리던 젖소 부인들 엉덩이에 똥 딱지를 포도송이처럼 주렁주렁 달고 다니다가 털갈이를 하기 시작했습니다. 그럴 때쯤이면 나부대는 바람에 동태처럼 빳빳하던 젖 수건도 햇살에 눈이 부시도록 반짝이며 봄을 노래하고 있습니다.

밝은 햇살 아래 겨우내 목장 오두막 선반에 뽀얗게 쌓여 있던 먼지를 털어내고 싶고, 쥐 오줌 냄새가 밴 듯한 목장 안집 살림살이를 꺼내서 지난겨울에 칩거했던 것을 후회나 하는 듯이 쓸어냈습니다.

새김질하는 젖소들이나 겨울에 태어나 웅크리고 자라던 새끼들 몸털에 윤기가 흐르고 가끔은 "캑캑" 기침을 하여 엄마 마음을 아리게 하지만 주둥이에 건초 가루를 묻혀가면서 먹는 게 더 많아지고 활기차집니다.

"그려, 잘 커 주었네. 강하게 살아줘야 한단다. 너희들이 우리 목장의 기둥이란다."

그녀들은 알아들은 듯이 초롱 거리는 눈매를, 자글거리는 목덜미 주름을 힘껏 뽐내는 양 쭉 피면서 달려와 내 손을 까실 거리는 혓바닥으로 살며시 대보곤 젖 먹는 어린양처럼 손가락을 살포시 빨아 봅니다.

그런 새끼가 사랑스러워서 어제는 입을 비쭉이 밀고 그녀들에게 뽀뽀를 신청했습니다. 와 다닥다닥 뛰어와서 조심스러운 눈빛으로 살포시 다가와 의심 많은 눈빛으로 긴 혀를 내밀고 내 입술에 입을 맞추었습니다. 껄끄러운 촉감과 이빨 없는 위턱의 뭉클함과 진득거리는 침이 그녀와의 모처럼의 입맞춤을 기억하게 하는 날이었습니다.

냉이가 지천으로 널려 있는 옥수수밭에는 아침엔 까치와 장끼가 화려한 자태를 뽐내고 산책을 하고 있었습니다. 다음 달에는 산벚꽃이 화사함을 드러내고 아기 오리나무 이파리가 수줍게 손을 활짝 벌리고, 촌색시 나들이 나온 듯이 고울 때는 꿩의 울음소리를 들을 수 있겠지요.

소운동장에 겨우내 얼었던 찐득거리는 거름이 밭으로 화려한 변신을 하는 봄이 오고 있습니다.

목장을 위해 배우고 또 배웠습니다

젖소를 키우면서 무식한 게 서러웠습니다. 지금도 많이 무식하기는 여전하지만...

목장과 젖소를 직접 보고 꿈을 꾼 것은 내 나이 10살 무렵이었습니다. 돌아가신 친정아버지 친구분이 지금의 서울 봉천동 서울대학교 자락에서 젖소 목장을 하는데 그곳에 구경 가자고 아버지가 시발택시를 전세 내어 걸음이 불편한 딸자식을 태우고 길도 없는 개울 자갈길을 그르렁 그르렁 기어 올라갔습니다. 지금 말로 하자면 가족 소풍이었습니다.

돼지고기 벌겋게 무쳐 찬합에 담고 김밥도 싸고 사이다도 사고 우리 형제들은 날듯이 좋아 들썩거렸습니다. 운전기사가 시발택시의 변속기가 나간다고 투덜대거나 말거나 흥겨웠습니다.

관악산 자락에 우사가 있고 밭이 있는 길목에는 동부가 줄줄이 길게 꼬투리가 익어가고 산 밤이 큼지막하게 달려 있었습니다. 난

생처음 가까이 본 젖소는 집채만 했습니다. 휘적휘적 산에서 목부의 “이려” 소리에 서너 마리가 몰려 내려오고 있었습니다. 소들이 지나가며 주둥이로 뜯어 먹는 갈 다리 끊어지는 소리에 그 큰 얼룩빼기 소와 검둥이 소가 후다닥 놀라 튀는 모습이 덩치에 안 어울리게 어린아이 같았습니다.

눈망울이 고운 그녀들의 첫 만남이 강하게 남아 훗날 용감하게 서울을 떠나와 젖소 부인이 되었습니다. 그러나 서럽고 한이 많았습니다. 젖소들을 키우고 돌봐주어야 하는데 기초상식이 너무나 없었기 때문입니다.

우사 가득히 소들을 줄줄이 키우는 이웃집 대목장이 한없이 부러웠습니다. 직원들이 줄줄이 있고 까만 세단이 들락이며 옥수수밭이 끝이 보이지 않을 정도로 펼쳐진 목장을 구경하고는 입이 함지박만 하게 벌어져 ‘언제 나도 초라한 20두 우사에 두 줄로 소를 세워 두고 젖을 짜 보나’하는 한숨이 나오기도 했습니다.

지식이 없어서 바가지 쓰고 산 소는 등록이 안 되는 교잡종도 있고 초임 만삭이라고 해서 산 소가 세 번이나 새끼를 낳은 과부였습니다. 그것도 나중에 소 중개를 해 준 사람이 고백해서 알았습니다. 더욱이 그들은 매일 애간장을 녹이는 사고뭉치들이었습니다.

닥치는 대로 책을 보고 쫓아 댕기며 공부를 하고 귀동냥을 하는데 아이 딸린, 더구나 몸도 부실한 내가 마땅히 공부할 곳은 아무 데도 없었습니다.

납유하던 S우유 조합원 교육에 남편에게 갖은 아양을 부려 남편은 차 안에서 낮잠을 자기로 하고 6개월 된 아이를 데리고 이천 교육장에 갔지만 칭얼대는 아이 때문에 방해가 되니 나가 달라는 직원 부탁에 눈물을 머금고 쫓겨나기도 했습니다.

사료 회사의 초청세미나에 남편 대신 가면 홍일점으로 새댁인 내 앞에서 젖소 유방, 자궁, 질, 등 생식기를 놓고 이야기하면 괜히 민망해져서 앉아 있기가 불편하고 눈을 맞추기도 쑥스러웠습니다.

그래서 자연히 집으로 오는 분이 나의 스승이었습니다. 잡지책에서 광고를 보고 전화를 해서 목장으로 방문하는 영업 파트의 직원들이 배달하는 책이 교과서였고 사료 회사 판매원과 진료를 오신 수의사 선생님 그리고 한국종축개량협회 검정팀이 사부님이셨습니다.

그런 세월을 강산이 두 번 변하도록, 머리가 허해지도록 살다 보니, 세상은 많이 변해서 밥 먹여주고 잠재워 주고 공짜로 교육해준다고 하네요. 더군다나 남자들 틈바귀니 끼어서가 아닌 젖소 부인들만 모여 이름도 거창하게 '여성 낙농인 심포지엄'이라고 해서 3년째 경기도청에서 하고 있다니, 얼마나 신기한 일인지 모르겠습니다.

배움에 기갈이라 참석을 하고 왔는데 교육내용에 격세지감을 느끼지 않을 수 없었습니다. 그전에는 악착같이 많이 짜고 돈 많이 벌라는 내용이 대부분이고, 그런 강의에는 늦게 가면 좌석도 없었는데, 지금은 환경과 골치 아픈 질병 아니면, 안 팔리는 우유를 많이 팔게 해야 살아남는 방법을 이야기했습니다.

어제, 그제 경기도 군 단위로 잘 나가는 여성 낙농가들이 대표성을 갖고 담당 공무원의 인솔하에 당당하게 가슴에 명찰을 달고 1박 2일의 전문 교육을 받았습니다. 아름다운 목장 가꾸기에 동참하고 소비자들에게 인상 깊게 어필해야 한다는 말에 젖소 엄마로 살아갈 버거운 미래만 잔뜩 지고 온 듯합니다.

쿼터 값이 납유처에 따라 다르지만, 승승장구 잘 나가는 곳에 납유를 하는 낙농가들은 목장을 접고, 내로라하는 목장들이 소를 팔았다는 소문에 가슴에 철렁해졌습니다. 그나마 폐업을 아직 안 한 8,000 농가의 술렁거림이 남의 일이 아닌 것처럼 가슴이 점점 조여 오는 것 같습니다.

하지만 어쩌겠는가? 배운 게 도적질이라고... 우유 짜는 일이 내일이라는 생각에, 딴짓 거리 하면 벼락 맞아 죽을 것 같은 생각에, 좀처럼 목장을 접는다고 생각은 엄두도 내지 못했습니다.

그냥 계속 앞만 보고 가야 하는데... 고장 난 팔은 며칠째 더 아프고 눈도 침침 해지고... 어젯밤 한방에서 동숙한 젖소 부인 중에 멀쩡한 부인은 한 분도 없이 모두 자기가 얼마나 아픈지만 늘어놓고, 소에게 얻어터지고 밟힌 이야기만 했습니다.

교육 내내 강사들은 아름다운 목장 만들기를 결국에 여자들이 해야 한다는 것을 귀에 못이 박이도록 강조했습니다.

'나는 점점 꾀죄죄하게 늙고 고장 나는데 목장은 아름다워져야 한다니, 좋은 말이다. 그런데 세월이 얼마나 흘러야 하고 무엇부터 해야 한담!'

북해도 낙농가

2시간 30분만 비행기에 몸을 싣고는 지루하다 싶으면 내리는 곳이 북해도입니다. 여정이 길지고 짧지도 않아서 홋카이도 여행은 마음고생이 적은 것 같습니다.

일하는 농부들의 모습도, 길거리를 행보하는 사람도 보기 힘든 산길을 달려가다 보면 휴게소가 딱 하나 나오고, 불곰이 나온다는 푯말과 집채만 한 곰의 동상이 보이는 언덕배기에 오르면 확 트인 산 아래 들판이 나오고, 토까치(十勝) 평야 지대가 나옵니다.

이곳은 낙농 산업의 요지로 기획 경지정리가 잘 되고 규모화되어 일본 글씨만 아니면 캐나다나 미국의 낙농 지대에 온 것 같은 넓은 풀밭과 드문드문 있는 농가 건물 사이로 분뇨처리장, 대규모 우사 등이 있고 서구화된 낙농 지대입니다.

낙농체험을 견학하러 간 우몽목장(友夢 牧場)은 상상외로 목장 입구가 깨끗하고 목장 간판과 잘 다듬은 풀밭이 화려하고 새로 지은 듯한 우사 건축물이 상당히 커서 변화하는 북해도 낙농의 면모를 보여주었습니다.

작은 키에 카우보이 복장을 하고 미소가 환상적인 작은 거인이 나와 반가이 맞아 주며 2층으로 안내를 하였습니다. 언제 가봐도 그들의 깔끔한 정리정돈에 기가 질리고 조심스럽습니다. 벽에는 일본 중앙 낙농회에서 만들어주었다는 대형 젖소 천 그림이 걸려 있고 수학여행 온 학생들이 써놓고 간 체험문과 사진들이 벽을 장식하였습니다.

근처 호텔에서 새벽에 나와 6시경에 착유하는 모습을 견학하고 생크림으로 버터와 쿠키를 만들기 위해 오븐과 테이블과 의자들이 있는 체험용 실습실을 보았습니다.

이 목장은 4인이 600두의 성우와 350두의 육성우를 키우는 유한회사입니다. 동업이 어렵지 않냐는 질문에, “어렵지만, 낙농을 하면서 쉴 수 있게 하려고 4명이 동업을 합니다. 직원이 13명이고 일주일에 2일을 돌아가면서 쉬는데 4월 말부터 10월 말까지만 낙농체험을 하고 있습니다”라고 대답하였습니다.

6~7월과 9~10월은 수학여행으로 관서지방 학생들이 주를 이루고 근처의 유치원, 초등학교, 중고등 학생들은 무료로 낙농 산업의 이해를 돕기 위해 목장을 개방하고, 여행객들과 수학여행 온 학생들에게 일 인당 1,000엔을 받는데 경영소득보다는 귀찮지만, 목장을 개방하여 도시소비자들에게 우유의 가치와 이해를 돕기 위

해 낙농 학습 체험 농가로 일을 하고 있었습니다.

일본의 북해도부터 오키나와까지 1,000개의 농가가 낙농 학습 목장으로 등록을 했고 250개의 목장은 활성적으로 지역에서 소비자들에게 낙농의 이해를 돕기 위해 낙농체험을 할 수 있게 하고 있습니다.

도시 근교의 인위적인 체험 낙농 목장이 아닌 자연적인 생산 위주의 목장 시설과 현황을 있는 그대로 보여 주는 게 몽유목장의 특징이고 북해도에서 4번째로 큰 목장이라고 자랑을 했습니다. 목장 협업이 7년 차이고 6년째 낙농체험을 하고 있으며 수익금 2,000만 엔은 고스란히 모아두고 있다고 하였습니다. 연 4,000명이 다녀갔고, 8월 휴가철에 1,500명의 본토 외지인들이 다녀갔다고 하였습니다.

낙농의 대를 이은 집안인 듯한 58세의 사장은 목장 경력 58년이라면서 일일 500두 착유를 16t을 생산하면서 동업주 4인이 일주일에 5일은 일을 하고 2일은 반드시 휴식을 취하는데, 낙농체험을 하러 사람들이 오면 새벽부터 가족들이 나와 2~3시간 낙농체험을 한다고 하였습니다.

7년 전에 8억 엔(한화 56억 원)으로 목장을 창업했는데 부채 7억엔, 자부담 1억 엔으로 시작했고 그동안 F1으로 화우 교배 등으로 수익이 높아 4억 엔의 빚을 상환했는데 작년부터 생산이 많고 소비가 줄어 할당제를 시행하여 어렵지만 북해도에 치즈 공장을 2

개를 지어 연 20%의 우유 소비증대를 기대하며 660만 평의 조사료가 부족하여 수입 건초를 사용하고 있다고 했습니다.

앞으로 호주하고 FTA 대비 경영방침을 묻자 서슴없이 1,000두 규모로 착유를 늘리고 조사료는 근동에 농가들과 협약 순환 농업으로 확보를 할 계획이라고 하였습니다.

체험료는 1,500엔(성인), 학생은 1,000엔, 버터 체험은 1,000엔 별도입니다. 대개 40명 단위로(버스를 타고) 오는데 많게는 180명이 오전 오후에 오기도 한다고 하였습니다.

순박하면서 58세의 나이에 맞지 않게 열정적인 모습을 가진, 진정한 북해도 낙농가들 만나고 온 듯싶습니다. 다음날 호텔에 작업복이 아닌 모습으로 인사를 하는데 더 멋진 남정네라는 생각이 들었습니다.

좋은 친구 하나 만든 느낌...

기쁘고도 허전한 마음

어제는 작은 딸애가 좋아서 팔딱 뛰었지만 나는 좋기도 하고 서글프기도 한 날이었습니다.

아이가 가고 싶어 하는 일본 낙농학원대 식품가공과에 합격하였다는 연락을 받았습니다. 작은 아이는 목장을 하면서 똥강아지처럼 막 키웠습니다. 사는 게 고달프고 바빠 아이들은 항시 뒷전이었고 산속에서 송아지처럼 키우느라 한글도 학교 가서 깨우쳤고 과외도 시켜 보지를 못 했습니다.

아침 착유를 하다 부지런히 집으로 와, 자는 아이를 깨워 머리도 못 빗기고 나 둥글어진 가방 들려 메주고 바삐 사오리 길을 차로 데려다주며 많은 이야기를 나누며 꿈을 키워 준 게 목장을 하는 어미로서 해 준 게 전부였습니다.

초등학교 2학년 때부터 아이들을 홀스타인 쇼에 함께 나가 현장 학습을 시키고 간간이 원고료 나 거마비를 모아 외국 젖소 쇼에 갈 적에 동행하여 눈높이를 키워준 게 목장 어미로 유일하게 호사를 부려 준 거였습니다.

중학교에서 올라가서 이미 초등학교 때부터 뒤 쳐진 교과목은 성적이 나빠서 아이는 인문계를 피하고 특목고인 여주 농고에 축산과로 입학을 했습니다. 인문계 여고를 나와 낙농은 대학에서 전공했으면 했는데, 아이의 진로 때문에 고심하지 않을 수 없었습니다.

아이는 3년 동안 집에서 처진 과목을 특별 과외를(학교의 수업료 대신에) 하게 했고 일본에는 2학년 때 치즈 연수를 가는 엄마를 따라 낙농학원 대학교에 갔었습니다.

아이와 안도 고이치 교수님의 인연은 그렇게 시작이 되었고, 아이는 훌륭한 학교시설과 교수님의 자애한 인품에 반했고, 개교 당시 북해도 농민들의 개척정신에 따른 삼 애 정신을 높이 평가를 했고 유가공 시설을 보고 선생님 문하에 가겠다는 꿈을 가졌습니다.

고등학교 2학년부터 일본어 공부와 대학준비를 하느라 아이는 바빴습니다. 자기 스스로 선택한 이상 아이는 피나는 공부를 했습니다. 일본어 시험을 잘 못 보아 작년에 입학시험을 치르지 못하고 건대에 입학했고, 한 학기를 다녔습니다.

일반 비자로 3개월 일본 연수를 다녀와 일본 대학 자격시험을 보았습니다. 그리고 다시 건너가 입학시험을 치르고 2월 2일 저녁에 한국으로 왔고 가슴 조이며 발표를 기다렸습니다.

아이가 오는 날, 바람 난 개처럼 바쁜 난 간신히 공항으로 갔더니, 입술이 부풀어 핼쑥한 모습으로 아이가 나왔습니다. 산처럼 쌓인 눈을 해치고 시험 준비를 하며 소논문을 일본어로 쓸 준비를 하면서 가슴 졸였을 순간과 면접 준비를 하며 옷과 신발을 사러 다니며 가슴 태웠을 모습을 상상하니 안쓰럽고 가여워 마음이 아팠습니다.

아이는 가슴을 졸이다가 기쁜 소식에 "엄마 3월 말에 유학비자 받아 가야 해요. 기숙사에 있을 건데 공부가 많아 못 올 거예요. 엄마 보고 싶다고 하면 바로 나한테 달려와야 해요"라고 말했습니다.

기뻐야 할 텐데 마음은 허전하고 또 허전하기만 하네요.

젖소의 난산

우리 집 소들은 이름이 다 있습니다. 그제는 순우가 분만했습니다. 남편은 젖이 늘어진다고 걱정을 해 기록표를 보니 다섯 번째 분만이었습니다. 예정일 보다 무려 20일을 앞서 해산기가 보인다고 남편은 밤잠을 설치며 오르락내리락했지만 쌍둥이 중에 암컷은 죽었다고 속상해하였습니다.

그런데 어미가 비실비실하더니 콘크리트 바닥에 자빠져 있어서 종일 약 봉투를 들고 서서 그녀의 병 구완을 했습니다. 하필 날이 추워 수액 통 잡고 얼어 죽을 것 같은데 자빠진 소가 발을 버둥거리는 바람에 정맥 주사 바늘이 빠져서 시간이 더 걸려 부러졌던 내 다리는 빠개지듯 아파서 혼이 났습니다.

저녁에 일을 끝내고 올라온 남편은 기진맥진하여 술병을 들고 나왔습니다. 남편의 방에는 술병이 즐비합니다. 치즈 공부하러 다니다 술을 좋아하는 남편이 생각나 사 온 양주와 안도 선생님께서 오실 적마다 사다 주신 일본 사케와 중국에서 선물 받은 술들을 남편은 아껴가며 머리맡에 두고 보고 있습니다.

순우가 주사를 맞고 일어나 착유장에 들어가다 다시 텐덤틀에서 쓰러져 놀란 남편은 칼슘제를 놓고는 기다려서 착유가 평소보다 시간 반은 늦었습니다. 나는 치즈를 만들며 '이상해. 이상해'하며 저녁 착유가 늦어짐을 걱정했더니 그런 난리를 겪었답니다.

다행히 노부인 순우는 건강을 되찾아 일어났습니다. 남편은 소를 잃어버릴 줄 알고 놀랐다가 긴장이 풀려서 그런지, 마침 다큐멘터리 촬영 차 만든 모차렐라 치즈를 안주 삼아 독한 능금주를 물 마시듯 마셨습니다. 술에 취해 꼬부라진 혀로 가슴 졸인 이야기를 재탕 삼탕을 합니다. "아까워. 암송아지 죽인 게. 순우가 못 일어나고 가는 줄 알았다니까." 놀란 모습으로 남편은 아이처럼 주절거렸습니다.

오늘은 혜금이가 또 다섯 번째 분만인데 "끙끙" 힘만 주고 송아지가 나올 생각을 안 한다고 남편은 똥 마려운 강아지처럼 안절부절못합니다. 종일을 기다리다 남편은 소의 외음부에 손을 넣더니 새끼 발목이 하나라고 말했습니다. 얼른 수의사를 불러 진찰을 하고 제왕절개를 하자 암송이지가 살아서 나왔습니다.

남편은 저녁밥을 먹으며 개선장군처럼 기분이 좋았습니다. 날이 추워서 얼은 얼굴이 붉게 달아 뻘건 색을 하고는 저녁에 맛있는 것을 만들라고 오랜만에 농담을 다 했습니다.

다큐멘터리를 찍던 피디가 2일째 목장에 머물고 있는데 우리네 사는 모습 보더니 힘들게 사신다고 하였습니다. 오늘 아침 촬영을 위해 4시에 목장의 새벽 장면을 찍어야 한다고 하였습니다. 1시간짜리 다큐멘터리로 정책 방송의 설날 특집이라고 했습니다.

젖소, 우유, 치즈 그리고 낙농가의 삶이 잘 표현되어 좋은 정책이 나오면 좋겠습니다. 그나저나 어제, 그제 놀래서 젖 내리는 소만 보면 가슴이 쿵당 거리네요.

치즈 공방

옛날에 직화 방식으로 유럽에서 치즈를 만드는 그림입니다. 구리 솥을 걸고 불을 때고 천천히 저어 주면서 치즈를 만드는 모습을 아내와 딸 그리고 고양이가 지켜보고 있습니다. 복식을 보면 독일 남부지방의 옷이네요.

구레나룻이 긴 남정네의 굵은 팔뚝을 보면 힘이 장사일 것 같습니다. 기둥에 톱날을 매달고 그릇을 걸어 따뜻하게 데워 먹었다고 하는데 지금도 벼룩시장에 가면 볼 수가 있어서 5유로 주고 산 기억이 있습니다.

지금도 산악지방에서는 5월 말에 동네 공동 방목 림으로 젖소들이 올라가면 동네 주민들이 치즈 장인과 아줌마를 공동으로 구해 월급을 주고 소를 키우고 구리 솥으로 산악 치즈를 만들어 9월 말까지 쌓아 놓습니다.

그 후 소들을 크고 화려한 방울 장식으로 치장을 하고 동네 주

민들이 악기를 연주하며 산으로 배웅하러 갑니다. 거기서 소들이 새끼를 낳아 식구 늘리고 목동들은 치즈를 어깨에 지고 내려오는 축제를 지금도 스위스 산간지방에서는 하고 있습니다.

긴 나팔 같은 악기로 염소 멱 따는 숨넘어가는 소리는 해대고 찡그렁 찡그렁 소 방울 소리가 울리는 그들의 삶은 이제 귀한 관광 자원이 되어서 외국인을 유혹하며 부르고 있습니다.

그래서 저도 치즈 체험 공방에서 쓰려고 구리 솥을 사려고 했습니다. 하지만 사부님이 극구 말리셨습니다. 구리에 독이 있어서 위험하니까 그냥 스테인리스로 하라고 하셨습니다.

드디어 치즈 공방에 기계설계를 하고 있습니다. 고진감래라고 했던가... 나의 노력이 헛되지 않았다는 것을 확인하게 된 것 같습니다.

경기도와 여주시에서 자금을 지원하기로 확정되었습니다. 공방에 들일 기계의 예산을 세우며 고장이 덜 나고 큰돈 안 들이고 꼭 필요한 것만 적절하게 구매하려고 밤낮으로 자료를 찾고 뒤척이고 있습니다.

올해는 이제 꿈에 그리던 제조시설에서 이미 상품등록이 되어 있는 치즈를 시판하게 될 것 같습니다. 뛸 듯이 기뻐하시는 안도 교수님은 직접 설계를 해주시고 공장에 견적 의뢰를 하셨습니다. 이제 공사기획이 잘 되어 표준화를 위한 습작을 만들고 본격적인 시판을 위한 공정을 만들어야 합니다.

우리 입맛에 맞는 치즈를 만들기 위해 오늘도 별이 다섯 개 달린 백화점 치즈 판매대에서 조사하고 가격을 알아보았습니다.

오래 보존하기 위해 삶은 것과 신선한 원유로 짜지 않고 흙냄새 안 나게 우리식 균으로 입힌 내가 만든 치즈...

이를 위해 보내온 13년의 세월이 주마등처럼 떠 올려집니다.

외국 체험객들

얼마 전에 아리랑 TV에서 연락이 왔습니다. 여주를 촬영하는데 은아목장에 들러 낙농체험을 하겠다고 했습니다. 방송은 힘이 들어서 이리저리 핑계를 대면서 거절을 해도 막무가내였습니다.

할 수 없이 허락하자, 미국인 체험객과 촬영팀이 왔습니다. 그들은 평화 재활원 아이들과 트랙터도 타고 송아지에게 젖도 물리고 젖소의 젖도 짰습니다.

그리고 말레이시아에서 온 외국 손님들이 은아목장에 오셨습니다. 그들은 우리 목장이 참으로 예쁘다고 했습니다. 송아지를 우사에서 데리고 와서 우유를 먹였습니다.

그다음으로 얼음에 소금, 우유, 생크림을 넣고 휘저어서 수제 아이스크림을 만들자, 그들은 모두 반해서 열심히 먹고 사진 찍기에 정신이 없었습니다. 휘젓느라고 팔이 아프다면서도 재미있어했습니다.

그들의 종교 때문에 돼지고기를 안 먹어서 소시지 만들기는 포기했고 모차렐라 치즈를 만들어주니까 다들 맛있게 먹었습니다.

그들은 일리를 촬영했고 나를 "마담!"이라고 부르면서 마당 가에 있는 꽃을 꺾어 주면서 사진을 찍자고 해서 나이 먹은 나는 모델 노릇 하느라 실컷 웃었습니다.

동네 과수원으로 데리고 가서 복숭아 2개씩 따서 먹게 하였습니다. 그들은 복숭아를 처음 본다고 하였습니다. 자기 나라에는 없는 과일이라고 했습니다. 깎아 달래서 깎아 먹이면서 손 씻고 과일

을 만져야지 잘못하면 복숭아털이 목으로 넘어갈 때 따갑다고 일러 주었습니다.

겨울에 눈이 없는 나라의 관광객을 목장으로 불러모아 눈싸움시키고 버터와 쿠키를 만들고 고구마를 구워 먹는 프로그램을 해보기로 했습니다.

젖송아지 한 마리 가격이 2만 원?

젖송아지가 일 년 내내 어미 배 속에 있다가 나오면 그 탄생의 신비에 고맙고, 나오자마자 비틀거리면서 일어나면 감사하고 즐거웠습니다. 암컷이 나오면 식구가 늘었다고 얼마나 좋아하는지, 내가 딸을 낳은 것보다 남편은 더 신바람이 났습니다.

그런 송아지가 지금은 쉰밥 신세입니다. 사룟값이 일 년 만에 장장 두 배가 올랐고, 쥐꼬리만 하게 오른 우윳값은 비싼 사룟값에 상대가 되지 못했습니다.

목장의 수입은 소가 새끼를 낳고 우유를 생산하는 것입니다. 소가 굶어서는 우유는 나오질 않으니 제대로 먹어야 하는데 그러자니 사룟값이 감당이 안 되었습니다.

대개 목장은 큰 소가 우유를 생산해 새끼를 관리하는 사람들까지 먹여 살려야 하는데 그렇게 되지를 않으니 살림살이가 요즘은 다 마이너스입니다. 수입 소고기의 수입량과 오르기만 하는 사룟값에 타산이 안 맞으니 송아지를 찾는 이가 없습니다. 암송아지는 2만 원이고 수놈은 5만 원이라고 합니다. 그것도 찾는 이가 없고...

작년에는 그래도 정액 값에 인공 수정료는 나왔는데 지금은 그것도 안 나옵니다. 이런 우라질 세상에, 얼마나 버틸 수 있을는지... 4만 3천 호였던 낙농가는 점점 줄어 7,000 농가도 안 되고, 젖소들은 줄었는데 우유 생산량은 안 줄었습니다. 세계적으로 공통된 현상인데 착유 사양 기술의 비약적으로 발전하고 유전자 개량을 했기 때문입니다. 소비는 점점 줄고 나도 얼마나 버틸지 모르겠습니다.

그나마 허리가 휘도록 낙농체험을 시행하여 빈자리를 채우지만 몇 년간의 준비 기간과 투자가 많아 유가공은 꿈도 꾸지 못할 상황입니다.

이런 어려움 속에서 그제는 축산관측 회의가 중앙 부처에서 있었습니다. 농가 대표인 나는 참석을 했는데 한우 농가가 실실 웃으면서 젖소 송아짓값이 떨어져서 그놈 팔아야 쇠고기 한 근도 못 산다며 웃었습니다. 화가 너무 치밀어 망할 놈의 세상이라고 욕을 했습니다.

개값만도 못한 송아짓값... 언제까지 농가들은 허리를 움켜쥐고 참고 인내하고 기다려야 하는지...

그냥 아침에 일어나 착유하고, 그들이 배설한 것을 처리하고, 배불리 먹이고, 수정시켜주고, 그리 소박하게 산속에서 도란도란 살고 싶어 이 길로 들어섰는데 박복한 팔자, 늦은 나이에 된 시집살이 하게 생겼네요.

한국 홀스타인 품평회

소들을 골라 털을 깎고 순치 훈련을 시켜 품평회에 참석을 안 하면 못내 서운하고 가을이 지루하기만 합니다. 모진 팔자소관... 고단한 줄도 힘든 줄도 모르니 하여간 큰 병은 병인 것 같습니다.

올해도 여름부터 내심 걱정도 되고 궁금도 하고 어쩌면 좋을까 하다가 결국, 일을 저질렀습니다. 경산우를 고르고 작년에 타임을 못 맞추어 젖이 주먹만 해져서 망신당한 젖소 '광야'의 설욕전을 하기로 했습니다.

먼저 둘째 딸 지아를 일본서 오게 하고, 목장체험으로 매일 바쁜 나는 전날에야 간신히 소들을 씻기고 털을 깎았습니다. 그녀들의 자글거리는 주름과 서늘한 눈매, 곧은 등선, 앞으로 뻗은 유방을 바라보면 흐뭇해집니다. 팔이 아프고 등때기가 결리는 것은 안중에도 없이 그녀들을 샴푸로 감고 말리고 오줌에 절은 꼬랑지에 탈색제를 바르면서 행복했습니다.

지아가 일본서 잠시 오는 날, 나는 늦게 장을 보고 소 대회에 나갈 '보통이'를 챙기느라 날밤을 거의 샜습니다. 아침에 행사장에서 쓸 치즈와 요구르트를 마무리하고 얼굴도 못 씻었는데 출발하자고 했습니다. 남편이 소를 실어주고 천천히 안성으로 갔습니다.

가는 길에 가을이 연연했습니다. 단풍이 곱게 물들었고 가을꽃들이 햇살에 반짝이고 있었습니다. 운전기사가 천천히 차를 몰아 안개 속에 안성 축산연수원에 도착했습니다.

고래고래 소리를 지르는 소들이 보이고, 물로 소를 씻기는 소리, 가위질 소리, 드라이 소리가 들리고 여기저기 개량동우회 젊은

이들의 모습이 보였습니다. 반가운 소 고집쟁이들… 일 년만의 만나 고맙고, 반갑고, 일본에서 온 오가와 상과 탕 상을 만나 오미야게를 받고 고맙다고 했습니다.

우리 젖소 광야는 예뻤습니다. 성숙한 부인의 자태로 네 번 송아지를 낳은 몸 같지가 않다고 다들 칭찬했습니다. 그러나 그녀는 밤에 일을 저질렀습니다. 숨이 가쁘고 속이 부대끼고 눈이 게슴츠레하고 새김질을 하다 토하고, 밤새워 그녀를 지켜야 했는데 잠시 잠을 자러 간 사이 그녀는 너무 먹어댔고 옆집 총각이 사료를 잘못 준 게 화근이 되었습니다. 하지만 캐나다 심사위원이 날씬하고 여성스러운 광야에게 3등을 주었습니다.

'휴, 그만한 게 다행이지. 소 잡는 줄 알았네!'

내가 만들고 싶은 치즈

귀농해서 젖소를 키우고 살은 세월 28년! (2008년 당시)

처음 젖소를 만난 것은 어릴 적이었고, 꿈 많은 10대에 방학이면 내려와 보냈던 농촌의 고즈넉함이 마음에 들어서 그런지, 결혼 후 훌훌 도시 생활을 접고 산속으로 내려 온 것도 팔자소관이라지만... 지금 생각해 보면 다 알량한 자존심 때문인 듯싶습니다.

남편이 돈을 번다고 외국 생활을 해서 신혼 시절 뼈저리게 외로워 기도했습니다. "산속이라도 좋으니 하느님, 우리 가족이 함께 살게 해주세요"라고 빌었습니다.

마침내 산으로 내려오게 되었는데 사는 일이 깜깜 했습니다. 돈이 있어야 살 수 있는데, 젖소를 키우면 매달 통장으로 들어오는 우유 판 현금이 매력이 있었습니다. 농촌에서 현금을, 그것도 월급 받듯이 매달 두 번 받는다는 게, 나중에 다 빠져나갈지언정 좋아 보였습니다.

나는 부자가 아니었지만 친정아버지는 자수성가한 치과 의사 선생님이셨고 그분의 장녀로 내가 태어났습니다. 모친은 지금도 생존해 계시지만 내가 어릴 적에 본 엄마는 소심하고 우울하고 내성적인 분이셨습니다. 그래서 나의 불같은 성질과 적극적이면서 긍정적인 삶의 자세는 아버지의 영향을 받은 듯싶습니다.

다들 다리도 성치 못한 사람이 목장 일을 어떻게 하냐고 말렸지만, 아버지는 나를 믿으시고 밀어주셨습니다. 그분은 독학으로 검정고시에 붙어 치과 의사가 되신 분이시고 일단 믿으면 밀어붙이시는 성품이셨기 때문에 장녀의 가능성을 높이 사셨습니다.

귀농을 결심하고 내려와서 우여곡절 끝에 소를 키워 아이들하

고 함께 살게 되었지만, 삶은 순탄하지 않았습니다. 몇 년 주기로 소와 우유 파동이 왔고, 그럴 때마다 오금이 저렸습니다.

우유를 안 가져가고 우윳값 대신에 분유를 주어서 마당 가득히 쌓아두기도 했습니다. 그 분유로 국수도 만들어 먹고 어린 자식들 주전부리로 분유를 물에 타서 먹인 적도 있었습니다.

30년 동안 서너 번은 그런 시절을 겪었습니다. 회사가 두 번 부도가 나고 납유 회사를 옮기기도 서너 번을 했습니다. 그럴 때마다 우유 회사는 칼자루를 쥐고 괴롭혔습니다.

우유는 남아돌고, 외상값은 밀리고, 밥 달라고 우는 소를 굶길 수는 없고, 자식들이 통닭 사달라고 조를 때 사줄 수 없는 주머니 사정이란...

돌아보면 젖소를 키워 큰돈은 못 번 듯싶습니다. 그냥 물려받은 부동산이 올라 체면을 유지하고 있지, 한 마리에 10만 원 하는 송아짓값이 재산이라 할 수 있을까요.

그래도 명예운은 있어서 소들이 상을 줄줄이 타 주어서 1995년에는 평생에 한 번 해보기 어렵다는 그랜드 챔피언을 거머쥐었습니다. 그것을 계기로 난생처음으로 일본 북해도에 연수를 가게 되었습니다. 소들한테 감사했습니다.

그렇게 한국의 낙농이 호황이던 적도 있었습니다. 우유를 만들어 우유 회사에 주기만 하면 돈은 통장에 척척 들어오고 젖 짜 먹다가 소가 살이 너무 찌면 팔고 다시 사다 짜면 밑지지도 않았습니다. 지금 생각해 보면 땅 짚고 헤엄치던 시절인데, 남정네들이 화투판에만 안 가고 제대로 목장에서 소 관리만 잘 해주면 소들이 돈을 벌어주던 시절이었습니다.

일본 견학 중에 목장의 유가공 농장을 보여 달라 했더니 동행한 남정네들이 미친 여자 취급을 했습니다. 그때 먹어본 게 지금 은아목장에 체험하러 오는 이들에게 설명해 주고 같이 만드는 스트링 치즈입니다.

치즈라면 고약한 발 고린내 나는 서양의 이상하고 먹을 수 없는 괴괴한 음식으로만 알던 내 입맛에, 그것은 환상이었습니다. 갈가리 찢기면서 고소하고 담백한 우유의 맛과 조직감, 연한 맛은 너무나 좋았습니다.

그때부터 나의 고단한 치즈를 찾아 헤매는 일이 시작되었습니다. 남아도는 우유를 처분하기 위해 소를 잡는 것도 아니고, 우유회사 눈치도 안 보고, 내 손으로 마무리를 하면 되겠다는 생각을 하고 10여 년을 살고 있습니다. 그것도 알량한 내 자존심 때문인 듯싶습니다.

좀 더 생각 해보면 나의 낙농업에 대한 이해는 잘못된 것이었습니다. 치즈를 배우러 돌아다니다 깨달은 것이 낙농업은 넓은 풀밭에서 풀과 소를 키우고 우유를 생산하여 가공까지 할 줄 아는 농부가 낙농업자인데 그동안 나는 착유업자였다는 것이었습니다. 소만 키워 젖만 짜다 우유 회사에 파는, 생각 없는 엉터리 낙농 농부

였던 것이죠.

너무 앞선 발상으로 생고생을 한다고 나 자신을 꾸짖기도 했습니다. 나이 환갑 줄에 이게 무신 생고생이냐고... 그냥 팍 주저앉고 싶지만 그래도 끝장을 봐야 할 듯...

이제 내 손으로 내 목장에서 내 맛을 연출하고 싶다는 데까지 오고야 말았으니 친정 부친의 승부 기질을 이어받은 것 같습니다. 나의 자존심이 여기까지 오게 한듯 싶습니다.

치즈 도구를 사려고 영어로 메일을 쓰다

치즈를 배우고 만들면서 제일 큰 어려움은 도구나 재료를 구하기가 어렵다는 것입니다.

1996년 8월부터 무엇인지도 모르면서 따라 다니면서 만들기 시작한 치즈, 균주와 렌넷을 왜 사용하는지 유가공 공부를 안 해서 원리도 모른 채 그냥 시늉만 냈었습니다.

순천 대학교 배 교수님이 가르쳐 주신 대로 집에서 만들어 보는데 도구가 없어서 아이스박스에 더운물을 넣고 온도계는 문방구에서 사서 넣고 교수님이 주신 가루 런넷을 물에 타고 유산균을 배양하는데 안 되어서 전화를 걸고 걸어 결국 파는 요구르트를 넣어 만들었던 기억도 있습니다.

금형도 없어서 아버님이 배관 통에 드릴로 구멍을 내주셨고 장바닥에서 석쇠를 사다 커팅도 했습니다. 어찌 어찌하여 우유가 굳어 자르면서 함성을 질렀던 기억도 있습니다.

커드를 만들고 더운물에 조심스레 담그면 늘어나고 갈래갈래 찢어지는 스탈링 치즈가 완성되었을 때 누구의 도움도 없이 만들었다는 기쁨에 혼자 히죽 히죽 웃던 기억도 있습니다.

요즘 나의 고민은 유가공에 들어가는 재료를 쉽게 구할 수 없다는 것입니다. 유산균이나 렌넷은 송은 통상 덴마크 계열의 수입회사에서 일괄 구매를 하면 되지만, 작은 도구나 집기들은 값도 고가이지만 파는 곳이 없습니다.

치즈를 보관하기 위해 발라주는 코팅제도 한국에는 없습니다. 누가 영리를 목적으로 팔면 좋으련만, 돈이 안 되는 사업이라 선뜻 나서는 이가 없어서 어렵습니다.

할 수 없이 분테크(buntekuh) 독일 인터넷 쇼핑몰을 찾아 기웃거리기 시작했습니다. 독일 연수를 갔을 때 프랑크푸르트에서 정용상 장인을 찾아가던 길목에서 그의 가게를 방문했던 기억이 있고 그는 미국인이라 영어가 유창했습니다. 그의 집에서 잠시 머물렀던 기억을 더듬어 메일을 보내 주문을 했습니다.

며칠 후 그는 답장했고 나를 기억하고 있었습니다. 5년 전 일인데 기억력이 좋기도 하지... 하긴 나이 먹은 동양 여인네를 자기 집에서 화장실도 가게 해 주고 차도 마시고 물건도 팔아주었으니 기억할 만도 합니다.

더듬더듬 다시 메일을 썼습니다. 요즘 환율이 오르락내리락해 잠시 보류를 하다가 송금을 하러 농협에 갔고 그가 전해준 IBAN

코드와 통장번호를 더듬더듬 찾아 보냈는데 8월에 휴가 중이라 주문한 카망베르 몰드는 시간이 걸릴 듯싶습니다. 재고가 있으면 20일이면 한국에 도착하고 국제 우체국에서 통관에 관한 서류가 오고 대행 회사에서 통과를 대행해 주고 비용을 청구할 것 같습니다. 몇 년 전에도 주문해 물건을 받아 지금 잘 쓰고 있습니다.

지금 밤새워 잊어먹은 영어를 뒤척여 엉터리 메일을 독일로 보냈습니다. 아마 대머리 제이 브레다가 이것을 읽느라고 진땀 좀 뺄 것 같습니다.

참으로 힘듭니다. 어쩌려고 치즈는 배우느라 극성을 부려 이러고 사는지...

아이들의 나들이

초지 밭에 컨터기 블루를 심었습니다. 이 풀은 발아율도 좋고 성장감도 좋고 특히 맨발로 걸으면 포근해서 행복합니다.

그런데 단점은 더위를 잘 탑니다. 날이 더워 말라 들어가는데 목장 흙은 마사토입니다. 모랫바닥이라 여름에는 아주 고역이지요. 남편이 급하게 물을 주고 나는 시간만 나면 호수 줄을 끌고 다니면서 물을 줍니다.

그렇게 관리하는 풀밭에 요즘 어린 친구들이 나들이를 옵니다. 고래고래 실컷 소리를 지르면서 놀다 갑니다. 스프링클러에 아이들이 못 가게 어머니가 극구 말리지만 아이들은 그 속에서 물 받아 가면서 더 신나게 놉니다. 칙칙 돌면서 물이 나오는 물총인 줄 아는지 그저 재미있어만 합니다.

하루는 친정어머니가 풀을 뽑다가 웃으셨습니다. 유치원 아가들의 나들이 날인데 선생님이 병아리 몰 듯이 줄을 잡고 앞에서 걷고 아가들이 줄을 잡고 뒤따라 풀밭으로 가는 모습은 보시고 웃으셨습니다.

아이들이 송아지 우유를 풀밭에서 먹입니다. 자유로운 영혼인 아이가 풀밭에서 놀다 꽃을 따 먹습니다. 겁 없는 아이는 송아지를 만져주고 있습니다.

봄 가뭄이 끝나고 풀밭이 해갈되었으면 좋겠습니다. 비가 오면 산자락하고 맞닿은 풀밭이 초록 융단을 깔아놓은 듯 고와집니다.

그런 날 풀밭을 바라보면서 나는 한잔의 차를 마시고 싶습니다.

남편이 없는 빈자리

남편은 지금 병원에 입원 중입니다. 그는 30년을 목장에서 소들과 씨름하면서 살아왔습니다. 소들을 닮아 미련스럽다 할 정도로 우직하게 살았는데 얼마 전부터 다리가 아프다고 하면서도 참고 참으면서 다리를 질질 끌고 다녔습니다.

그러나 지난달에 너무 아파 밤에 응급실에 가서 정밀 검사를 하니 수술을 해야 한다고 했습니다. 차일피일 미루면서 진통제를 먹고 바쁜 목장 일을 간신히 감당하다가 도저히 안 돼서 그제 입원해서 수술을 받았습니다.

사는 게 뭔지... 일이 바빠서 그의 병실을 지켜주지도 못했고 자주 가보지도 못하고 목장을 지키고 있습니다. 체험 오시는 분들의 예약이 밀려 큰애랑 둘이서 그가 없는 빈자리를 채우면서 시간을 보내고 있습니다.

수술 첫날 간신히 시간을 내어 병원에 가니 아파서 진저리를 치고 있었습니다.

다음 날 아침에 전화해서 "이제야 살만하네. 밤새 너무 아파 진통제가 가짜인가 했는데 이젠 살만하니 집 걱정이 되네"라고 합니다. 집 생각하지 말고 그냥 편히 누워있으라 했습니다. 6인실 병실이 초만원이라 2인실로 병실을 옮겨 줄 것을 신청했건만 입원비가 많이 나온다면서 그냥 거기에 있겠다고 잔소리를 합니다.

딸 아이는 아빠가 있을 적보다 더 일찍 일어나는데 어제는 새벽 5시에 기상한 엄마를 따라 우사로 촐랑촐랑 걸어와 우유를 퍼 담는 일을 자청했습니다. 그동안 치즈를 만들 때 우유를 날라다 주는 일은 남편의 몫이었습니다.

그제는 새벽에 우사로 가니 너무 지저분해서 대충 치웠는데도 힘이 들었습니다. 매일 아침 우유를 받는 일이 이렇게 어려운 줄 몰랐습니다. 우유를 담느라 쏟고 흘리고 적시고 아우성을 친 끝에 간신히 받아 딸애랑 차에 싣고 오면서 언덕배기를 아픈 다리로 무거운 것을 밀고 땅기고 오고 갔을 남편 생각에 마음이 아팠습니다.

그가 없는 목장은 하루도 편한 날이 없습니다. 전기가 나가 소가 물을 달라 울고 결국 기계마저 망가져서 소가 굶고, 송아지가 뛰쳐나와 어슬렁거리고, 누렁이 개는 없어지고...

화초에 물을 줘야 하는데 수도꼭지는 헐렁하게 빠져 나오고... 모든 게 남편이 말없이 뒤에서 지켜준 자리가 보입니다. 그도 자리에 누워있으면서 걱정이 큰 듯 전화를 해댑니다.

아무 걱정하지 말라고 큰소리치지만 점점 힘에 부쳐 이러다 남편이 퇴원하면 내가 실려 갈 것 같습니다.

새벽에 닭이 “꼬끼오” 하고 울자, 큰애가 엄마가 넘어져 지르는 괴성으로 알고 놀랐다고 합니다.

경기도 여성상 수상식

젖소를 키우며 산속에서 살면서 문화생활이라고는 해본 게 없습니다. 수원에 있는 경기도 문화의 전당은 1,800명을 수용할 수 있는 커다란 공연장입니다. 이런 곳에서 라이브 쇼를 구경하는 게 소원인데 이날 2부에 인순이가 나온다고 했습니다. 그녀의 노래 '거위의 꿈'을 들을 수 있다고, 목장을 땡땡이를 치더라도 좋아하는 가수의 생음악을 들을 수 있겠다 싶어서 기뻐했습니다. 그러나 그것도 내 복에는 없었습니다. 축하해 달라고, 같이 가자고 목장을 하는 지인들에게 차마 입을 못 떼고, 도둑장가들 듯이 살짝 상패만 받아 오려고 했지만, 어찌 알았는지 많은 분이 먼 거리를 달려와 축하해 주셔서 깜짝 놀랐습니다.

시상식 1부가 끝이 나고 2부 축하 공연으로 인순이가 나와 노래 1절을 부르는데 기념사진 찍자는 소리에 인순이 쇼를 아쉽지만, 뒤로 하고 나왔습니다.

상을 받는 것이 어렵고 곤욕스럽습니다. 더군다나 경기도 관내의 내로라 하는 여류명사들과 기관장 앞에서 촌부가 상을 받기 위해 단상에 오르고 사진을 찍고 하는 일은 소똥 치우고 한여름에 옥수수밭에서 풀 뽑기보다 어렵고 진땀이 나게 했습니다.

많은 인파에 놀라고, 휘황찬란한 조명과 음향에 기가 눌려 촌닭처럼 움츠러들었습니다. 그래도 당당해야 했습니다. 쟁쟁한 수상자 중에 끼어 낙농가를 대표해서 기가 죽으면 안 된다고 스스로 다짐을 하면서 목발을 짚고 시상대에 도움이나 부축 없이 올라갔습니다.

순간 돌아가신 친정아버지가 생각났습니다. 아버지가 제일 많이 축하해 주시고 좋아하실 것입니다. 생전에 딸의 불행에 가슴 아파하셨던 분이시라 술만 취하시면 “어려서 예쁘단 소리를 너무 많이 듣고 자라면 안 돼”라고 하면서 탄식하고 34살에 얻은 딸이 돌이 지나 아장아장 걷다가 전신이 마비된 상태로 늘어져 있을 때 울부짖으면서 내가 남한테 죄지은 게 없는데 내 딸이 왜 이래야 하냐고 우셨다고 합니다. 그분이 하늘에서 제일 기뻐하시리라 믿고 싶습니다.

큰딸이 어미 옷을 준비하고 미장원에 가라고 운전을 해주면서 챙겨 주었습니다. “엄마가 멋져야 해요”라고 하면서 서울에 가더니 백화점에 들러 자기 생일날 선물로 준 상품권과 돈으로 너무 비싸서 내 손으로 차마 집지도 못하는 명품 블라우스를 사 왔습니다.

시상식 전날까지 너무 바빠 머리 염색도 못 하고 아침에 간신히 머리 감고 달려간 시골 미장원에서 드라이로 라면 발 같은 머리를 폈습니다. 단상 아래 친정 노모는 그런 내 모습이 장해 우셨다고 딸애가 전해주었습니다.

일할 사람이 없네요

목장은 3D업종이라서 그런지 착유를 배우러 오는 젊은이가 없습니다. 직원모집 광고를 내어도 목장에 오겠다는 사람은 거의 없습니다. 간혹 전화가 걸려와도 이력서나 신원 증명서를 떼어 오라면 대부분 줄행랑을 놓고 한국인은 거의 안 옵니다.

농촌에서 구인난은 심각한데 더욱이 축산농가에는 대부분 외국인이 일합니다. 몇 번 외국 사람을 고용했는데 말이 안 통해 답답하고 떠날 적에 반드시 아픔을 주고 가서 외국 사람은 될 수 있으면 안 쓰려고 합니다.

지난봄에 남편이 광고를 냈더니 다행히 한국분이 오셨고 7개월을 버티다 갔습니다. 그분 말로는 술집을 몇 개 하다가 부도가 나서 아파트 두 채 말아먹고 1년만 머리를 식힐 겸, 아이 유치원비나 대려고 왔다고 했습니다. 그렇게 그분은 초보로 목장 일을 시작했습니다.

새벽부터 종종걸음을 치고 일을 하고, 분뇨 치우고, 먹을 것 챙겨 주고, 젖 짜고, 목장 풀 깎고, 잠자리에 깔아줄 톱밥 나르고, 매일매일 그 일이 그 일인데 짜증이 나는가 봅니다.

소는 살아있는 생물이라 항시 긴장하고 예리하게 독수리 눈으로 관찰을 해야 하고 지켜보아야 합니다. 그런데 일군에 대해 점점 남편의 불만이 쌓여갔습니다. 저녁 일이 끝나면 우사에서 때려죽이는 고함이 나도 문을 꼭 걸어 잠그고 나와 보지도 않는다는 것입니다.

초저녁잠이 많은 남편은 자다 가도 일어나 밤 순찰을 나갑니다. 먹다 남긴 사료도 쓸어주고, 발정이 왔나, 분만 우는 없는가, 아픈 소는 없는가 살피고 와서 잠을 잡니다. 목장체험을 안 했을 때 내가 하던 일을 지금은 남편이 더 많이 하고 있습니다.

그런데 저녁 일만 끝나면, 착유가 6시에 일찍 끝나도 일군이 기어들어 가면 그만이라고 투덜투덜 남편이 불평했습니다. "남은 남이지, 내 일같이 할 수 있겠소? 그냥 모른 척하고 말 꼬리 안 잡고 시키는 것만 묵묵히 해 주는 것을 고맙게 여기자고요. 술 처먹고 며칠씩 자빠지는 일이 없으니 다행으로 여겨요"라고 남편을 달랬습니다. 그러나 하나둘 문젯거리가 늘어만 갔습니다.

목장은 남의 손보다는 가족끼리 각자 역할을 잘 감당해야 제일 경쟁력이 있습니다. 그런데 남편 나이가 육 십 줄이고 몸이 점점 부실해져 가고 나는 목장체험에, 치즈 만들기로 고단합니다. 할 수 없이 참으면서 남의 팔을 빌리려니 분통이 터졌나 봅니다. "나 혼자 천천히 일하고 싶어." 남편은 자기 나이도, 몸 상태도 잊고는 마음만 믿고 신소리를 칩니다.

오늘은 아침밥을 아침 9시 30분에 먹었습니다. 분만한 소 뒷바라지 해 주고 오느라 늦어 어제 오신 손님 먼저 드시게 하고 늦게 아침을 먹었습니다. 남편은 결국 일군을 내보내고 오기로 며칠 버텼습니다. 며칠 전에 사람도 안 구하고 내보내면 어쩌냐고 한마디 했다가 죽기 살기로 고함을 치고 난리를 쳐 아무 말도 못 하고 딸과 나는 며칠이나 혼자 하는가 두고 보자고 했습니다.

오늘은 안 되겠는지 사람을 구해야겠다고 합니다. 날이 춥고 쌀쌀한데 서리맞은 꽃의 모종을 매주고 소 응가 치어주고 잠시 여주 읍내 볼일 보러 갔다 와 보니 남편은 아직도 우사에서 안 내려옵니다. 오늘 밤은 10시는 돼야 저녁을 먹을 수 있을 것 같습니다.

2회차 크리스마스 파티

작년에 이어 올해도 체험객들과 함께 크리스마스 파티를 열었습니다. 어설프고 고단했지만, 무사히 끝났습니다.

홈페이지에 그동안의 성원에 감사한 마음과 다녀 가신 분들에게 마음의 표시를 하고 싶어서 시작한 은아목장의 크리스마스 파티에 선착순으로 신청을 받아 12가족으로 마감을 했습니다.

파티 때 겨울 치즈 낙농체험을 진행했고 며칠 전부터 발품을 팔아 장을 보고 만들었던 우유, 치즈 요리를 함께 먹었습니다.

큰딸은 이틀간 밤을 새워 빵과 쿠키를 구워 포장했고 나는 오래전부터 만들어서 저장해 둔 치즈를 빵과 함께 파티 때 먹을 요리로 승화시키기에 바빴습니다.

오신 분들이 수고했다면서 음식이 맛있다고 해서 딸과 나는 힘든 것을 다 잊어버렸습니다. 입맛이 아직도 내추럴 치즈는 초보 단계라 가공 숙성된 것보다는 신선한 치즈 타입으로 피자나 샐러드

위주로 드셨고, 케이크는 재료가 좋아 그런지 맛이 좋다고 평가해 주셨습니다. 그래서 2010년에는 판매를 예상대로 해야겠다는 자신감이 생겼습니다.

딸 아이에게 브리나 카망베르도 고오다 타입도 덜 익은 순한 맛으로 하도록 해야 할 것 같습니다. 어제 오신 60명 중에서 은아브리치즈를 찾는 이가 5%도 안 되었습니다. 너무 먹을 게 많아 식단을 내년에는 간단하게 줄이라는 제안도 받았습니다.

포토존이라 해야 하나? 미처 준비가 덜 되었지만, 큰딸이 동대문에서 떠온 천을 며칠 박음질해서 만든 크리스마스 커튼을 작은딸이 풍선과 커튼을 달아서 장식을 해 주었습니다. 은아목장 로고가 박힌 붉은 버선도 걸었고요.

늦게 오신 가족들이 기념사진을 찍었습니다. 나도 루돌프 할머니가 되었다네요.

무사히 거사를 끝낸 우리는 흐뭇하게 앉아서 오늘 행사를 평가했습니다. 음식 가지 수를 줄이고, 젊은이를 위한 프로그램을 저녁시간에 실시하고, 가족 단위에는 간단한 여흥을 준비하고, 사진 찍는 공간을 잘 만들어주기로 했습니다.

오후 늦게 차가 밀려 행사가 끝난 후 서울서 오신 젊은 분들과 닭 날개를 볶아 저녁을 먹으면서 많은 이야기를 했습니다.

즐거운 성탄절 날, 은아목장 가족들은 종일 일을 했지만 모처럼 행복했고 웃음이 가득했습니다.

유치원 아기들에게 매일 요구르트를 먹이게 되었다

일 욕심이 많은 나는 해마다 사업계획에 골몰하고 일을 저지르는 편입니다. 주저하지 않고 오랫동안 꿈꾸어 오던 것을 실행에 옮기는 것을 즐기는 편입니다. 제 꿈 중의 하나는 우유를 지역 유치원 아기들에게 먹이고 싶다는 것이었습니다. 당일 새벽에 짠 우유를 신선하게 살균하거나 가공하여 요구르트를 커다란 그릇에 담아놓고 자율배식을 시키면 좋겠다는 게 오래된 꿈이었습니다.

유럽에 가서 보면, 특히 네덜란드 지역이나 독일은 목장 근처의 주부들이 장에 가듯이 목장 마켓에 와서 일주일 치 우유, 버터, 소시지, 치즈 등을 사 가고, 빈 병을 가져다주기 위해 예쁜 바구니를 들고 오고 가는 것을 보고 몹시 부러웠습니다. 한국에서 그렇게 되는 것을 내 살아생전에 볼 수 있을지는 모르겠고, 우선은 유치원 아가들에게 해 주고 싶었습니다.

드디어 하느님께서 내 소원을 들어주신 것 같습니다. 치즈 체험 출장을 다녀온 원장님하고 신기하게도 마음이 똑같이 맞아떨어져 그 일을 말씀드리니 너무 멋지다고 하면서 흔쾌히 허락하셨습니다.

유치원 전용 그릇에 우유를 담아 우선은 프레인 요구르트로 일주일에 2번 배식하기로 했습니다. 아이들에게 내가 추천하는 요리는 제철 과일-딸기, 참외, 사과, 단감-과 요구르트와 견과류를 섞어서 먹게 하는 것입니다.

제철 과일의 비타민과 우유의 칼슘과 단백질 그리고 신선함이 가미해 아주 좋은 영양 식이 될 것으로 믿고 있습니다. 편식하는 아가들에게는 식습관도 고칠 기회가 될 것입니다.

목장에서 배달이 문제인데 요구르트는 장기 저장도 가능해 가급적 일주일에 2번, 30분 거리이니 이른 아침에 조금 부지런만 떨면 출근하시는 선생님과 우리가 배달하면 좋을 것 같습니다. 아가들이 맛나게 먹으면서 행복해하고 무럭무럭 자라는 모습을 볼 생각에 벌써 행복해지네요.

시판되는 우유는 백색 시유로 거의 국산이고 제조 일이 명시되어 있지만, 우유는 생산된 지역 20km 이내에서 소비되어야 한다고 알고 있습니다. 우유가 젖소에서 나와 이동되고 저장살균 되는 과정에서 보이지는 않지만 많은 상처를 받고 맛이 변합니다.

법령으로 유럽에서는 생산과 판매가 일정 거리로 제한되어 있지만 우리는 아직 그런 게 없습니다. 국적이 네덜란드이지만 우유

제조 회사가 독일과 가까우면 그들은 법에 따라 가까운 독일에서 우유를 집유해 가는데, 한국에서는 경기도에서 착유한 우유를 경상남도 거창으로 가기도 하고 멀리 전라남도 해남에서 짠 우유가 충남 논산으로 오다가 중간 길거리에서 우유 차로 다시 옮겨 타기도 합니다.

이 과정에서 우유가 눈에 안 보인다고, 그냥 냉장차이니 상하지 않는다고 굳게 믿고 있지만, 우유는 망가져서 제대로 된 유제품 맛이 나올 수 없습니다. 치즈를 만들어 보면 그것을 단번에 눈으로 알 수 있지만, 소비자들은 그것을 알 방법이 없는 것입니다. 그냥 달고 맛있으면 된다고 여기니... 단맛도 인공 감미료 맛에 푹 빠져서 우유의 깊고 깊은 유당의 맛, 조물주가 인간에게 주신 그 맛을 잘 알 수가 없는 것입니다.

몸을 고단해도 우선 예쁜 어린 아가들하고 약속을 지키면서 차근차근 이문제를 해결하고 싶습니다. 너무 추워 움츠러들고 움직이는 것도 싫고 살아 숨 쉬는 것도 지쳤지만 이 일만큼은 꼭 해야 할 것 같습니다. 봄이 오면 예쁜 아가들에게 맛난 거를 먹이고 싶어졌습니다.

KBS 6시 내 고향 촬영을 하다

한동안 뜸하더니 방송을 하라는 전화가 요즘 다시 종종 걸려옵니다. 지난주에도 큰딸 아이를 주인공으로 하여 귀농한 젊은 여성이 농촌에서 사는 이야기를 찍자고 했지만, 주제가 틀리고 방송에 데인 큰애가 몹시 싫어해 정중하게 사양했습니다.

그제 저녁에 걸려온 전화 너머로 당당한 여성분의 목소리가 들리기에 나는 작가인 줄 알았지만, KBS 6시 내 고향의 피디라고 하였습니다. 그냥 덤덤하게 대답을 했더니 다음날 담당 작가와 목장에 왔습니다.

첫 방송이 나갔고 다음 방송 준비 중인데 주말에 촬영을 강행한다고 했습니다.

어안이 벙벙해 미쳐 준비도 안 됐고 아직은 몸이 고달프고 겨울잠을 자고 난 목장이 어수선해 내키지 않아 도리질을 쳤지만, 남편은 방송을 즐기는 체질이라 하겠다고 했습니다.

토요일과 어제 일요일 밤까지 꼬박 촬영했습니다. 12분짜리 방송을 위해 이렇게 촬영을 길고 어렵게 해서, TV를 시청하다가 싱겁다고 쉽게 채널을 바꾸는 습관은 고쳐야겠다고 다시 다짐했습니다.

특히 음식과 관련된 촬영이고 담당 피디가 여성이라 그런지 섬세하고 꼼꼼해 시간을 쪼개 쫓아다니다가 다리가 부러지는 줄 알았습니다.

또 다른 방송 섭외가 들어왔습니다. '명인'이라는 프로인데 과연 그 프로에 자격이 되는지 모르겠습니다. 3월 3일, 저녁에 오랜만에 TV를 보게 생겼습니다.

그러고 보니 이 프로 하고는 인연이 길기도 합니다. 몇 년 주기로 촬영을 해 방영이 되었으니까요.

토요일 밤늦게까지 찍었고 어제는 분당에 있는 이탈리안 레스토랑에서 내가 만든 치즈를 가지고 소비자들의 반응을 촬영했는데, 나는 못 가고 남편이 갔습니다. 난생처음 가본 레스토랑에서 남편은 쉐프를 만나(남편은 요즘 '파스타'라는 연속극에 빠져 쉐프를 좋아함) 치즈 이야기를 한 것 같습니다.

밤늦게 안 하던 전화를 해 "자네 안 오길 잘했어. 촬영은 무사히 잘 끝났어. 두 테이블에 올라간 치즈 요리를 먹어보고 인터뷰하던 분들이 '맛있네요. 정말 좋아요. 목장 주소를 알려주세요' 라고 하네!" 라고 흥분된 목소리로 말했습니다.

하여간 1박 2일간의 촬영으로 내 공방의 귀중한 자료들이 나뒹굴고 어지럽혀 졌네요. 훌쩍 찍고 가버린 사람들 뒤에서 치우는 일만 남기고 끝나 버렸습니다.

낙농체험 사업이 쉽지 않은데!

날이 풀리고 전화가 가끔 오고 홈페이지에도 예약이 들어와 봄을 실감하는데, 요즘 나의 심기가 조금 불편합니다. 치즈나 낙농체험을 창업하겠다는 분들의 무모함과 이기심 때문입니다.

곰곰이 분석을 해 보니 정부에서 FTA 대비로 119조억을 푼다고 하더니 정말 예산이 넘쳐나서 그런 것 같습니다. 생태관광, 농촌체험 등의 사업에 다양한 정부 돈들이, 도비, 군비, 국비로 풀리고 있습니다. 그중에서 농촌을 살리는 방안으로 농촌체험관 관광사업이 우선인 듯싶습니다.

여기저기에서 도비, 군비를 지원해서 건물을 지어줄 테니 낙농체험을 해 보라는 권유를 받았다고 하는데 본인들은 별로 하고 싶지 않지만, 담당 공무원이 계획서를 넣으라고 해 알아보러 왔다고 하거나, 이미 선정이 되어 몇천만 원을 받아 건물을 짓고 체험을 시작하려 한다면서 왔다고 합니다. 그럼 진지하게 낙농체험을 어떻게 하느냐고 정식으로 자문하면 충분히 도와줄 수 있습니다.

그런데 달랑 체험비 몇 푼에 예약하고 몰려와 그 짧은 시간에 정신없이 이것저것을 묻고, 사진 찍고, 난장판을 만들고 가는 사람들 때문에 화가 납니다. 그제도 경상북도 어느 지역에서 여성 낙농가, 8명이 몰려왔습니다. 예약은 딸이 받았는데, "엄마, 경상도 어느 낙우회에서 아줌마들이 치즈하고 피자만 한 대요"라고 했습니다. 작년에도 이맘때 충청도 부인들이 몰려왔는데 조금 이상하다는 생각이 들었습니다.

그분들은 마치 수색영장 갖고 찾아온 형사처럼 눈이 번쩍이면서 사전 양해도 없이 이것저것을 찍고, 그림을 그려대고 질문을 해댔습니다. 아무리 동업자들이고 같은 낙농업자이지만 너무하다는 생각이 들었습니다. 한 분이 "시설비가 얼마나 들었습니까?"라고 질문을 했습니다.

"혹시, 치즈는 만들어 보셨나요?"

"축산 과학원 연구사님을 두 번 모셔다 두 번 시험해 봤습니다."

"돌아가서 1,500가지 치즈 중에 내가 무엇을 만들 것인가 생각하고 그것에 맞는 기계를 선택하시고 물어보시는 것이 훨씬 효율적입니다. 간단하게 낙농체험을 생각하시면 낭패를 봅니다. 산속 목장까지 찾아오시는 분들은 대부분 먹거리에 상당한 관심과 전문성을 가지고 있습니다. 그분들에게 간단히 흉내 내듯 치즈 만들어 보내면 오래 못갑니다. 이론과 실습을 병행해서 전문성을 길러야 합니다. 낙농체험도 경영이고 사업입니다. 젖소를 키우고 우유를 생산하던 낙농가들이 3차 서비스 산업으로 경영을 하려면 본인이 준비하고 실행하지 않으면 대부분 실패로 돌아갑니다. 망해서 빚지고 나 뒹굴고 싶지 않으면 공부하고, 준비하고, 서두르지 말고 남이 한 것 쉽게 흉내 낼 생각하면 안 됩니다. 창의력을 키우고 준비를 잘하셔야 합니다."

젖산균을 가지고 발효음식을 만드는 일은 어렵고 지루하므로 본인이 좋아하고 음식 만드는 취미가 있어야 합니다.

그제도 경기도 도청에 다녀왔습니다. 이유는 품목 제조허가를 받고 판매를 하려고 하기 때문입니다. 식품으로 유가공은 어렵고 먼 길입니다. 막대한 시설을 위한 준비과정, 기술력... 아직도 난 기술이 달리고 전문성이 부족해 많이 배우고 견문을 넓히고 기술을 축적하기 위해 밤잠 못 자가면서 많이 만들어 보고 책을 보고 발품을 팔아 외국에 들락거리면서 공부를 하고 만들어 시식하면서도 고민하는데...

남이 해 놓은 것을 쉽게 보고 베껴 가려는 심보는 아닌 듯싶습니다. 하지만 그런 사람들이 목장에 찾아오는 경우가 너무 많습니다. 심지어 그제는 홈페이지에 자기만 일일 단독체험을 해달라고

요청을 했습니다.

이유는 치즈 공부를 하고 싶은데 달랑 1회 용 치즈 체험비로 하겠다는 것입니다. "그렇게 간단하게 치즈를 만들어 팔 수 있다면 왜 만들어 파는 곳이 별로 없을까요? 제대로 전문적인 교육을 받으시지요. 급하게 서두르지 마시고요. 가공은 간단하게 하루아침에 이루어지는 게 아니랍니다"라고 전화를 걸어온 젊은이에게 야단을 치고는 어이가 없어서 세상이 왜 이러냐고 투덜거렸습니다.

사람 노릇 하기 힘드네요

구제역으로 목장에 사람 발길이 끊어진 지가 두 달이 돼가고 있습니다. 다음 주는 음력 설날이네요.

참, 그리고 보니 아웃들 얼굴 본지가 언제인지도 모르겠습니다. 방역이니 소독이니 하면서 축산모임을 자제하라는 공문을 이메일로, 문자메시지로 계속 보내고, 실지로 가까이 들이닥친 구제역이 무섭기도 해서 이웃 방문을 못 하고 있습니다.

몇몇 이웃 부인네들은 소독하니 모이지 말라고 하면 비웃듯이 이 지역이 아닌데 무신 상관이냐면서 계모임도 하고 화투도 치곤 했습니다. 그러나 바로 옆집에서 소를 파묻고 우사에 불을 놓는 것을 보더니 만정이 떨어졌는지 모인다는 소리를 들을 수가 없습니다.

소 젖을 짜고 살면서 제일 서럽고 속이 상할 때가 명절날이나 집안 애경사가 있을 때입니다. 마음 편하게 사람 노릇을 못 합니다. 오죽하면 사촌 동서는 의절하고 왕래를 안 하고 있습니다. 사촌 시아주버니가 돌아가셨는데 착유할 사람이 없어 밤을 못 새우고 당일로 돌아왔습니다. 그랬더니 형님이 화가 나서 돈만 안다고 그길로 안 다니시고, 속알 딱지가 좁은 형수라고 남편도 안 가고 있습니다.

명절날이면 더 바쁩니다. 제사준비를 해야 하지만, 설날이라고 소젖을 안 짤 수 없고 할 일을 다 하고 차례까지 모시려면 동동걸음을 쳐야 합니다. 그리고 세배하러 온 친척들 밥 먹여 보내려면 종일 서서 일을 해서 그런지 설날이 끝나면 며칠은 몸이 아픕니다.

그래도 바쁘던 그 시절이 그립고 낫다는 생각이 듭니다. 구제역으로 발길이 끊어진 목장, 우체부도 택배도 안 옵니다. 수정사도, 수위사도, 사료 차도 다 안 오고 우유 수거하는 차만 와서 우유만 받아 갑니다.

이러다 입에 곰팡이가 스는 거 아닌지 모르겠습니다. 먹고는 살아야겠는데 마음 편하게 시장에도 다녀오기가 겁이 납니다. 그래도 두 번 정도 갔다 왔지만, 구제역으로 소를 묻은 집 앞을 지나다 옮길까 봐 돌아 돌아 먼 곳으로 피해 다녀왔습니다.

백신 처방을 해도 여주지역의 돼지는 다 감염이 된 듯 매일같이 몇천 마리씩 파묻고 있습니다. 그러다 여름에 가축들 썩는 냄새로 숨이나 쉬고 살려는지 모르겠습니다.

이번 설에는 조상님 차례를 안 모실 수는 없고, 남편이 혼자 지내야 할 듯싶습니다.

봄은 언제 오려는지...

우유 대란

어제 서울에 다녀왔습니다. 구제역이 여주에 발현하고 두 달만에 나들이를 한 셈이네요. 농촌경제연구원 축산관측 중앙자문회의를 하러 갔습니다. 9년 차인가, 10년 차인가 본데 낙농에 관해 1/4 분기 산업에 대해 관측을 하기 위함이었습니다.

구제역으로 이미 약 사 만두 가량의 소가 죽었기 때문에 우유는 사상 최악의 생산량입니다. 추위에 구제역 이동제한까지 겹쳐 일부 호들갑스러운 신문은 우유 대란을 경고했고, 정부에서는 농가들보다 소비자들을 생각해 물가를 잡겠다는 게 더 우선인 듯합니다.

어제부로 3천 톤(우유로 환산하면 30만 톤)의 분유를 무관세로 수입허가를 내주었다고 합니다. 백색 시유가 모자라도 정부나 우유 회사에서 늙은 솟값이 좋은 것을 보니 쿼타제를 폐지하고 생산을 한시적으로 독려할 것이고, 가공우유(딸기, 초콜릿 맛 등)에 들어가던 국산 우유 대신에 값싼 분유에 색소를 타서 맛이 더 자극적으로 될 것 같습니다. 요구르트도 국산 원유 대신에 수입 분유를 타서 만들 것입니다. 소비자들은 국산 원유가 몇 % 들어갔는가 따져 보시고 드셔야 할 듯싶습니다.

구제역으로 소를 파묻은 농가들은 이동제한이 풀리면 소를 입식할 것입니다. 그런데 좋은 소를 얼마나 구할 수 있을지 모르겠습니다. 시가 600만 원 정도의 소를 5,000두 수입해야 하는데 이번 구제역을 빌미로 솟값이 오르면 돈을 벌려는 농가들은 반대할 것입니다. 평생 몇십 년 개량으로 좋은 소를 잃은 농가들은 도입 우를 받아서라도 새로이 시작하고 싶어 할 것입니다.

정부에서 MMA 물량으로 해마다 들어오는 소 100마리 외에 올해 한시적으로 5,000두를 풀어 주어야 분유를 무관세로 30만 톤을 들어온 것과 같은 차원에서 낙농 산업을 구제역 피해에서 복구할 기회라고 생각됩니다.

하여간 어제는 참 우울한 날이었습니다. 중앙회의에 가서 산업이 활성화된다는 소리를 듣고 와야 하는데 맨날 죽는소리뿐이니...

하여간 우유 대란은 없을 것 같습니다.

현장체험

어제 한 통의 전화가 걸려왔습니다.

"저는 ***대학축산과 교수 ***입니다. 여름방학에 목장에서 생활하고 싶습니다. 제가 외국의 자료만 갖고 박사가 되어 학생을 가르친 게 30년이 넘었는데 이제 깨달은 게 현장경험이 없다는 것입니다. 아침에 우유를 짜고, 소똥을 치우고, 비가 와도 젖을 짜고, 우사를 지키고, 젖소를 돌보는 일을 이론으로만 알고 학생들에게 축산을 가르쳤는데 부끄럽게도 전 새벽에 젖을 짜 보지도 않았고 산고을 치루는 어미 소를 보지도 못했고 난산으로 죽어가는 송아지를 살려 보지도 못했습니다. 그러고도 학생들에게 축산의 현장이 어떻다고 가르치는 것은 말이 안 된다고 생각했습니다. 그러니 우사 관리사에서 생활을 하면서 한 달만 목장에서 일하게 해 주세요."

우리 가족은 다 냉소적이었습니다. 지난 몇 년간 방영된 은아목장 다큐멘터리를 보고 많은 사람이 청운의 꿈을 갖고 목장에 왔지만 대부분 하루도 못 하고 떠났고 길어야 3일 정도 있었습니다. 그런 사람들을 지켜보면서 우리 가족은 아팠고 비참해지기도 했습니다. 목장에서 항상 일하는 우리 가족이 잘못된 사람들같이 보여서 힘들었습니다.

몇 해 전에 정부에서 전액 장학금으로 운영하는 농업대학에 겸임교수로 강의를 했었습니다. 그러다 나 자신이 남을 가르치는 일에 부족한 사람이라는 것을 깨닫고 그만두었습니다.

남편과 나는 농업학교를 나오지도 못했고 제대로 도제 수업을 받았거나 농촌에서 살아온 일이 없이 지금의 젖소 목장을 꾸려가면서 배움에 목말랐고 우리의 무식함에 부끄러워서 항상 지식을 채근하러 다니면서 공부를 하고 싶었습니다. 주먹구구식으로 목장을 경영하면서 지식을 갖고 목장을 했으면 더 잘하고 더 경영을 올바르게 했을 거라는 회한이 들곤 했습니다.

우연히 현장실습을 위해 목장을 제공하고 젊은 학생들을 받아보고는 나의 실망은 상상외로 컸습니다. 학교에서 이론을 독파한 학생들이 무식하고 배움이 부족한 나보다는 훨씬 나을 것이라는 나의 기대는 무참하게 무너졌습니다. 남편은 더 했습니다.

해마다 40학점이 주어지는 현장실습을 온 학생들은 강한 정신력으로 목장 환경에 적응하여 열심히 배울 줄 알았습니다. 그러나 그러질 못했습니다. 새벽 4시 30분에 일어나 착유준비를 해야 하는데 이 약속을 지킨 학생은 별로 없었습니다. 처음이니까 나아지겠지 했지만 그러지 못했고, 여학생은 체력이 달려 못하고, 실습을 하는 일 년 내내 못 일어나는 학생도 2명이나 되었습니다.

실습일지를 쓰는 것도 매일 까먹고 한꺼번에 일주일 치를 그려오는 아이도 있었고 맞춤법이나 용어를 알고 싶어 하는 학생도 없었습니다. 관심을 가지고 혹은 호기심에 이것저것 물어올 줄 알았지만 일 년이 지나도록 질문 한 번 안 하는 아이들도 있었습니다.

현장지도 일지를 검열하면서 일일이 목이 쉬게 떠들었지만, 그 아이들의 관심이 어디에 있는지 종잡을 수가 없었습니다. 갈등도 생겼고 내가 인복이 없는가 싶기도 했습니다.

대학생들이면 자기가 택한 과의 현장실습에서 신바람 나게 일할 줄 알았는데 전혀 그러지 않았고 그러지 못한 그들에게 적잖이 실망했습니다. 남편과 나는 그들에게 다 쏟아 주고 싶었습니다. 그런데 그들은 목장경영이나 내가 가진 낙농업에 대한 지식이나 비전을 알려고 하지 않았습니다. 오로지 수업이니깐, 일 년만 버티면 되는 과정이니깐, 지긋지긋한 실습 날짜만 지나가기를 기다리는 것 같았습니다.

기대가 크면 실망도 크다고 해마다 봄이면 나에게 올 학생은 어떤 아이들일까 하는 큰 꿈을 꾸어보지만 몇 년 동안 실망감만 커갔고 결국 내가 그런 아이들을 지도할 능력이 모자란다고 생각했습니다. 남편도 손을 들었습니다.

지금도 난 후학을 지도하는 선생님들을 다 존경합니다. 사료 회사에서 실습을 나온 이들 중에 열심히 하는 사원은 끝내 이 업종에 남아 있지만, 대부분 사라지고 말았습니다.

지금은 목장실습을 오겠다는 학생들도 없고 현장실습을 하는 농업학교도 점점 줄어드는 것 같습니다. 해마다 봄이면 찾아오던 축산과 여학생들에게 자료를 잔뜩 준비하고 열변을 토했지만, 그녀들의 관심은 어떻게 하면 얼굴이 안 타고 예쁘게 화장을 하는 가였습니다. 동물원에서 짐승 쳐다보듯이 신기해하는 아이들이 돌아가고 나면 내 기분은 구겨져 있었습니다.

몇 년째 실습생도 안 받고 목장에 와서 일을 배우겠다는 전화가 오면 차갑게 대하게 되었습니다. 어제 그 교수님에게도 "못 하실 것입니다"라고 좀 차갑게 말했습니다. 그리고 우리 목장은 좀 남루하니까 좀 더 규모도 시설도 완벽한 곳에서 하시라고 권했지만, 현장을 와서 보시고는 꼭 오시겠다고 했습니다. 아이들이 현장실습을 한 달을 하는데 갔다가 하루나 이틀 만에 못 하겠다고 돌아온다는 것입니다. 그래서 본인이 직접 해 봐야 아이들의 고충이 뭔지 알 것 같다고 하시는 교수님이 연세도 많으신데 나는 미리 걱정부터 앞섭니다.

제 2 장
두 개의 암에 걸리다

FARMER

암 확진을 받다

매일 새벽부터 우유 짜고 소밥 주고 소 분뇨 치우는 생활을 하다가, 제 나이 쉰이 넘어서 낙농업이 수입개방으로 어려워지자, 외국으로 다니면서 유가공을 배워 와 목장에서 치즈 등의 유제품을 만들면서 정신없이 살고 있었어요. 그야말로 몸이 아플 새도 없었어요.

난생처음으로 팔월 말에 건강 검진을 받고 갑상선에 문제가 생긴 것을 알았을 정도로 공기 좋은 산속에서 자연식만 먹고 사니 그런 병은 남의 일인 줄만 알았지요. 암이란 확진을 받고 놀란 가슴은 무어라 말을 할 수가 없었습니다.

오늘 낮에 병원에서 전화가 왔습니다. 수술 날이 정해져서 12월 초에 입원하고 수술을 한다고 약속을 했습니다. 그러고 나니 걱정이 물 밀듯 밀려오네요. 아직 아무것도 모르시는 84세의 친정어머니께 어떻게 거짓말을 해야 하나 싶습니다. 수술실에 가서 수술할

일과 수술 후에 올 고통을 생각하니 두려움이 마구마구 밀려와 눈물만 납니다.

저는 평생 수술을 많이 하고 살았어요. 마지막에 한 수술이 호주 멜버른에서 한 다리수술입니다. 이번 수술이 제 생애 마지막 수술이었으면 해요. 만일 목숨줄이 더 연장된다면 아직 못한 일이 좀 남아 있는데, 그것을 다 해 보고 싶습니다.

여왕 놀이

어제 퇴원했습니다. 일주일을 침대에서 빈둥거리다 걸으니 다리가 후들거렸습니다. 날이 추웠지만, 수술을 무사히 마치고 집에 간다는 생각에 추운 줄도, 아픈 줄도 모르고 고속도로로 달리는 차 안에서 따스한 햇볕에 눈 부시게 고운 겨울 풍경을 보니, 살아서 다시 이런 소소한 일상을 볼 수 있다는 게 너무나 감사했습니다.

병원에서 저는 여왕 노릇 하고 하녀 역할은 딸들 시키고... 큰딸이 엄마 밥상 차려 침대까지 날라다 주고 고집불통 영감님이 밤 중에 김치만두 사다 달라니까, 벌떡 일어나 사 오면서 "장가가고 애 설 때 빼고 처음이야"라고 하면서 만두 봉지를 건네주었네요. 참 오랜만에 병원에서 휴가처럼 쉬다가 왔고 난생처음 침대에서 딸이 만든 환자식을 얻어먹어 보았습니다.

어제는 기쁨이 두 배가 되는 날인가 봅니다. 국가에서 실시하는 농업 최고 기술 명인에 통과되어 인증식에 오라는 전갈도 받았고, 무사히 두렵고 무서웠던 수술도 잘 마치고 집에 가는 복도 누리고... 참 가슴 벅찬 날이었습니다.

갑상선암이 치료가 잘 되어 몇 년 더 살 수 있다면, 천천히 아주 천천히 목장에서 소를 키우고 다량사육이 아닌 유럽식 친환경 농법으로 친화적인 유제품 만드는 일과 농고생과 농대생 후계자들에게 제가 가지고 있는 기술과 낙농 철학을 전수하는 일에 전념하고 싶습니다.

병원에서 놓은 수

바쁘게 일을 해 왔습니다. 특히 살아있는 젖소를 키우는 일은 스트레스가 많았습니다. 더욱이 농사도 지어야 했습니다. 풀 농사, 옥수수 농사를 짓자니 자연재해에 늘 민감해져서 마음을 편히 놓고 살 수 없었습니다.

그렇게 35년을 살다 보니 회한이 많습니다. 그것을 풀기 위해 서라기보다는 긴 겨울 동안 텔레비전을 보기는 싫고, 책을 보면 졸리고 해서, 봄날의 꽃을 기대하며 수를 놓았습니다.

한땀 한땀 무명천에 바탕 그림도 없이 장미를 바느질했습니다. 병원에 입원하던 날, 침대에 쪼그리고 놓기 시작한 장미는 리스 중간 크기인데, 하다 말다 하면서 겨울을 지냈습니다.

오늘 밤은 수를 놓으면서 진땀이 나고 힘이 듭니다. 조금 더 놓으면 끝날 거 같습니다.

오랜만에 데이트하러

정신 줄을 놓고 추운 겨울을 보냈습니다. 암 수술이야 누워 시체놀이 하고, 진통제 맞아가며 끙끙거리고 말았습니다. 솔직히 남이 해 준 밥에, 시중들어주는 딸년에, 새벽부터 피 뽑아가는 간호사 선생님들, 친절에 금쪽같으신 교수님 회진에, 중전마마 못지않은 호화를 누리다 왔습니다. 내 팔자는 무수리 과인데 언감생심 여왕 노릇해 주라는 교수님 처방까지 받았습니다.

그런데 동위치료는 지독히 고독한 치료였습니다. 그것 마치고는 방구들 장에 귀신처럼 틀어박혀 철철 울며 지냈습니다. 무슨 병이 지난날 서운했던 것만 생각나게 만들어서 한 달을 넘게 울어야 했고, 응석 부리듯 혓바닥은 음식을 거부했습니다. 이러다가 내가 사그라지는 우수 날 동강의 얼음이 될 듯싶었습니다.

빙빙 거려 운전도 못 하겠고 방구들 장 귀신이 될 것 같았습니다. 지인이 카톡을 보내 주었습니다.

"보고 싶어!"

일부러 한 시간 운전 거리에 있는 카페에서 보자고 했습니다. 주말이지만 천천히 신부 입장하듯이 차를 몰아 산북면 찻집으로 일찍 갔습니다. 재 넘고 강 다리 넘어 굽이굽이 남한강 자락 뒤로 비가 조금 내리는 봄 길은 박인수의 '봄비'가 흘러나오는 듯싶고, 빗소리가 얼은 내 가슴을 녹이는 듯싶었습니다.

카페 젊은 주인장이 브라질산 원두를 볶아 내려주는데 입맛이 무식한 나는 보리차가 더 편했습니다. 시큼털털한 과일 향이 무색하게 젊은 남자 둘과 그동안의 삶을 주제로 말이 이어지자 잠시 아픔을 잊었습니다.

예정에 없던 저녁밥을 먹으면서 가끔은 이런 호사가 삶에 무한한 기쁨을 주는구나 싶었습니다. 그 젊은 남자들이 내려준 처방은 "집에서 나오고 싶으면, 나와 쉬세요. 단, 집에서는 아파 죽겠다고 쇼를 하고요. 그리고 젊은것들에게 에너지 충전하고 빼어 가세요. 그리고서 고단한 젖소와의 삶을 이어 가세요"라는 것이었습니다.

그렇게 놀고 집에 들어왔더니 손녀딸이 "할머니, 어디서 이제 와?"라고 했습니다.

"응, 바람 쐬고 왔어. 봄날 매화가 피면 놀러 가자. 아가야!"

목장에 꽃이 핍니다

'나르시스'라고 부르는 수선화를 아주 많이 좋아합니다. 목장 안에 풀밭을 일부 걷어내고 나무를 심고 봄구근을 심기 시작한 게 삼십 년 세월입니다.

젖소 몇 마리로 시작한 신혼 시절에는 우유 팔아 돈이 들어왔지만, 사료비, 약값 등을 떼고 나면 생활비가 늘 모자랐습니다. 장에 가서 아이들 먹일 분유 사고 찬거리 사고 나면 돈이 몇 푼 남지 않았습니다.

그때 여주장터에는 묘목 시장이 있었습니다. 회초리 같은 일년생 나뭇가지를 반찬값을 아껴 사다 심었습니다. 청단풍, 홍단풍, 향나무, 명자나무, 사시나무, 회화나무, 쥐똥나무, 밤나무, 매화나무가 서른 살이 넘으니 제법 컸습니다.

그 후 유럽에 치즈 공부하러 다니다가 봄구근을 보았습니다. 크로커스, 튤립, 수선화, 히아신스, 무스카리, 쉴라 등등, 그중에 수선화를 유별나게 좋아합니다.

명품 가방이나 신발은 살 줄 모르지만 구근을 사들이고 수입까지 해서 목장에 심었답니다. 십이 년 전부터 그들이 피어나는 사월에는 숨이 멈출 정도로 아름답게 피어납니다.

작년 팔월 말에 암 진단받고 수술을 기다리며 구근을 사서 심었는데 아픈 것을 아는지 개량종 튤립이 하나도 안 나왔네요. 탐스럽고 화려한 튤립은 못 보게 되었습니다. 수선화도 심은 지 십 년이 넘으니 구근이 새끼를 쳐서 올해는 꽃이 흉년입니다. 지고 나면 땅을 파고 구근을 꺼내 새로이 심어야 할 듯싶습니다. 그런데 몰려오는 고단함에 엄두가 안 나네요.

치즈 공방에서 아픈 어미 대신에 딸이 만든 치즈를 씻고 나서 며칠은 감기에 걸려 기침을 하고 앓았네요. 일할 철이 되었는데 호미로 풀도 제대로 못 뽑고 삽니다.

예쁜 돼지 아가들

미니 돼지 가족입니다. 해미와 베컨이 우리 집으로 분양 온 게 삼 년 전쯤입니다. 너무 먹기만 해서 미니에서 중돼지가 돼버렸고 해미가 이번에 세 번째 분만을 했습니다. 돼지 농막이 추워서 긴급으로 보온덮개를 치고 응급조치했지만 많은 돼지 아가를 보내야만 했습니다.

네 마리의 아가들이 어제는 해바라기 하러 나온 어미 곁에서 이러고들 노네요. 땅 위에서 크는 아이들이 건강하고 병도 없이 잘 큽니다. 분뇨 냄새가 좀 심해서 그렇지 목장에 오시는 분들이 다 좋아하시네요. 개도, 돼지도, 소도 올망졸망 새끼를 낳고 젖을 물리고 살아갑니다. 올해는 면양이 새끼를 안 낳아 주었습니다. 꼬리를 잘라주면 내년 이맘때 어린양도 볼 수가 있을 것 같습니다.

이젠 벚꽃이 마지막인 것 같습니다. 어제는 돼지 아가들도 보고 꽃구경도 하고 싶어 우사 가는 언덕길을 걸어갔습니다. 매화,

살구, 자두, 앵두나무는 열매를 맺기 위해 꽃들이 져가고 늦게 피는 분홍산 작약이 화사하게 피었네요.

일 년에 일주일이 제일 화려한 이곳, 돼지가 사는 언덕길은 이맘때가 제일 화사합니다. 올봄은 더 꽃들이 예쁘게 피어났고 산새 소리가 명랑 청명합니다.

아픔 중에 병원에서 치료받고 계시는 환우님들, 건강하게 지내시라고 목장의 봄소식을 전달합니다.

밀밭에 서서

목장에 호밀이 익어 갑니다. 아카시아가 만발했고, 이팝나무가 하얗게 밥풀 덮히듯이 뽀얗게 피어났습니다. 아마도 풍년이 들려나 봅니다. 아카시아 꽃술도 늘어지게 피었고, 이팝나무도 밥사발 쏟듯이 피어났으니 옛 어른들께서는 이런 해는 풍년이 든다고 하셨지요.

풍년이 들면 뭐하나요? 쌀이 남아 농부들 수매비는 해마다 곤두박질치고, 임금님 수라상에 올렸다는 여주 쌀도 벌써 염가 할인에 들어갔습니다. 이런저런 깊은 고민을 하다가 선택한 게 국산 밀입니다.

수입 밀에 거부감이 크신 분들, 특히 건강에 신경 쓰고 바른 먹거리를 고민하시는 분들께 여쭈었는데, 한국에서 생산된 밀로 빵을 굽는다면, 제가 만든 크림 잼과 함께 드시겠다는 분이 의외로 많으셨습니다.

그래 우선 밀 농사를 짓고 보자 하여 작년 가을에 씨뿌리고 겨우내 이리 컸습니다. 해거름에 목장 밭에 나갔습니다. 농약도 비료도 안 치고 가을에 소 응가를 잘 썩혀 뿌리고 넓고 깊게 간 땅에 심은 밀은 봄바람에 익어갑니다.

다음 달에 익으면 타작하여 저온 창고로 가고, 밀짚은 말아 깔짚으로 쓰고, 밀기울은 단백질 15%짜리 좋은 사료입니다. 친환경 사료, 친환경 밀을 이웃 농가들과 협업농사를 지으려 합니다. 남아도는 쌀대신 밀을 심음으로 오는 소득의 차이는 정부서 보존해 주시겠죠.

스콘을 구워 보고 싶습니다. 국적 불명의 수입 말고 국산농산물 많이들 사서 드세요. 그래야 농민들이 농업을 지키지요. 포피가 피어납니다. 붉은 양귀비가 피고, 밀은 익어가고, 참 아름다운 오월입니다.

홋카이도 젖소대회

일본 홋카이도 오비히로 시에 갔습니다. 최고의 젖소를 뽑는 행사에 제가 사는 여주지역 젊은 후계자들과 함께 갔습니다. 젖소의 뒷모습, 유방과 골격의 발달을 주로 보고 우위를 가르는 심사를 합니다.

그날 행사 중 하이라이트는 어린 송아지를 목장 가족 중에 제일 어린아이가 대표로 끌고 가는 것이었습니다. 아빠나 엄마가 뒤에서 조금 거들어 주고요. 이렇게 송아지와 친숙해 지면 자연히 커서 집안일을 승계하게 된답니다. 12 가족이 나왔는데 제일 귀엽고 예뻤습니다. 우리 집 손주도 내년쯤에 시도를 해 보고 싶었습니다.

해발 600고지에 위치한 송아지 육성목장에도 갔습니다. 비가 내리는데 소들이 사람을 보더니 능선을 따라 쫓아왔습니다. 위탁 사육으로 잘 자라진 풀밭에서 방목되니 건강한 젖소로 키워진답니다.

마지노 역 근처에 있는 지역 농산물 판매점에 들려 농가에서 생산된 농산물이 판매되는 과정을 보고, 아이스크림도 시식하고, 가공된 요구르트, 치즈 등 다양한 먹거리도 보고 왔습니다.

온천호텔서 가이세끼 요리도 먹고, 종일 지친 몸을 온천탕 속에서 풀고는 시원한 홋키이도 맥주에 따뜻한 나베 국물을 마셨습니다.

지금 홋카이도는 봄입니다. 싱싱하게 올라온 초지와 밀밭, 보리밭은 꼬리가 나오고 자연환경이 최고의 시즌이랍니다. 처음 이곳을 방문한 것이 23년 전이네요. 저의 목장경영의 멘토가 되시는 분들이 계신 곳을 후계자 젊은이들을 모시고 함께 했던 여정이었습니다.

갑상선 수술 전에 검사에서 발견된 폐에 작은 결절을 추적검사한 후에 수술 잡힌 게 하필 후계자들과 봄 젖소 품평회 견학 날과 겹쳐서 결국 수술을 뒤로 미루고 잠시 꿈꾸 듯이 다녀 왔습니다.

23년 지기인 홀스타인 잡지사 사장님은 기네스북에 등재된 유명한 젖소 사진작가입니다. 1993년 처음 한국에 젖소 사진을 찍으러 오실 때부터 인연을 맺었는데 그날 젖소 행사장에서 우연히 만났습니다.

우리 딸들 소식을 묻는 오가와 상을 가을에 한국행사에 초청하고 목장으로 딸과 손주들을 보러 오시기로 약속을 받아 냈습니다.

짧았지만, 봄날의 홋카이도는 참 좋았습니다. 젖소를 실컷 보아서 좋았는데, 제가 고른 소가 주니어 챔피언이 되는 것 보고, '눈이 아직 녹슬지 않았구나!' 싶었습니다.

현역에서 조금 뒤로 물러나도 든든하게 받쳐줄 후계자들에게 낙농 산업의 시대적 흐름과 철학, 애농정신을 물려주고 보여 준 값진 시간이었습니다.

리코타 치즈 수박 샐러드

지난 일요일 미국에서 오신 백로사 쉐프와 생일파티를 했습니다. 주재료로 은아목장 치즈와 요구르트를 써서 18가지 요리를 했습니다.

제대로 된 리코타 치즈를 먹기는 쉽지 않습니다. 치즈 공방이 있는 지역에서나 제맛을 볼 수 있기 때문입니다.

치즈를 제조할 때 나오는 유청을 사용해서 리코타 치즈를 만듭니다. 담백하고, 고소하며 맛이 감미롭습니다. 첫사랑이랑 나누었던 첫 입맞춤의 맛이라고 할까!

우리 갑상선 환자들은 칼슘을 많이 먹어야 합니다. 인공 가미가 아닌 천연제품을 먹어야 합니다. 아가들 이유식이나, 젊은 처자들 미용식으로, 노인들 건강식으로 추천합니다.

숙성된 맛이 아니라 골골한 느낌이 없고 산뜻해서 처음 자연치즈를 드시는 분들이 입문하기 좋습니다. 리코타 치즈에 올리브

유와 소금을 넣고, 수박을 잘라 넣고, 제철 과일인 복숭아와 자두를 넣어 비벼 먹으면 됩니다. 전채 요리로도, 갑상선 환자들 간편 영양식으로 추천하고 싶습니다.

별 두 개를 딴 듯

어제는 흉부외과 외래 진료를 받으러 가는 날이었습니다. 폐 수술하고 서울 입성 운전을 할 수 있나 싶은데, 딸들도 바쁘고 마침 내린 폭우에 길이 파여 남의편 님은 딸한테 미루고... 결국 '고단한 내 팔자야'라는 생각을 하며 죽기 살기로 운전대를 잡았습니다.

딸이 운전하고 길이 안 막히면 한 시간 반에 가는 강남세브란스병원을 두 시간이 넘게 걸려 도착했습니다. 가슴 사진 찍고, 금식이라 굶고 피를 뽑고, 폐 무슨 검사 하느라 죽기 살기로 입으로 바람 불고 마시고를 하다 보니 머리가 다 어찔했습니다.

오후 세 시 진료를 기다리는데, "보호자 없이 오셨어요?"라고 인사를 건네는 간호사 선생님 말씀에 그만 가슴에 참았던 서러움이 밀려왔습니다. '고단한 삶이니 어쩌겠어!'라고 마음을 다잡고 선생님을 뵈었습니다.

수술 후 결과를 말씀해 주시며 "중증환자 등록도 추가로 해 드립니다. 초기라 뿌리를 잘랐습니다. 암이 두 개라고 너무 깊게 고민하지 말고 일상으로 복귀를 잘하세요"라고 하셨습니다.

박정수 교수님께서 잘 보아 주라고 여러 번 챙겨 주셨다고 하는 흉부외과 선생님 말씀을 들으니, 두 분 교수님 덕분에 몇 년 목숨줄을 연장받았습니다.

고속도로를 운전하고 오면서 만감이 교차했습니다. 사는 게 무엇인지, 바빠서 매일 뛰어다니듯 살았고, 편하게 나만을 위해 잔꾀를 부리고 게으름 피우며 살아오지 않았는데 불과 일 년도 안 돼서 중증등록을 두 개나 취득한 내 신세가 지독히 불쌍하고 가련하게 느껴져서 철철 울고 말았습니다. 다리가 풀리고, 종일 변변히 먹지도 못해 기운도 없고, 등 짝은 팍팍 쑤시고, 목의 수술 자국은 뻣뻣하고 도무지 산다는 게 고행 같게만 느껴졌습니다.

'어쩌다 이리됐을까? 앞으로 나의 시간은 어떻게 될까?' 상상할 수도 없는 두려움과 무서움이 엄습해왔습니다. 그렇게 하룻밤을 뜬 눈으로 지새웠습니다.

다시 비가 그친 목장 안은 불 가마터처럼 더웠지만, 실습생 일지를 보아주고, 잡지사 인터뷰 두 개 해 주고 지금은 헝가리에서 오신 젊은 친구들과 이런저런 부다페스트에서의 즐거웠던 지난 이야기로 우울했던 어제를 잊었습니다.

'두 개의 별을 달았지만, 천천히 별을 따는 일을 해야지'라고 마음을 다잡았습니다.

남편의 휴가

남편을 '파파'라고 부릅니다. 둘이 이 산속 깊은 곳에서 터를 잡고 한 번도 부부동반으로 여행을 떠나본 적이 없습니다. 누가 집 떠 매가냐고 하지만, 젖소를 키우고 우유를 짜는 일은 녹록지 않아 집을 비울 수가 없어서 그렇게 삼십오 년을 살았습니다.

파파 나이 예순여덟, 등도 휘고, 무릎, 허리, 어깨에 정형외과 단골손님 아니랄까 봐 칼자국이 선연합니다. 재작년에 시모님 보내 드리고, 시댁 형제 사 남매 모여 장사 치른 후에 제가 제안했습니다.

사는 거 바빠서 차일피일 미루다가 사 남매 중 누가 먼저 인생 소풍 길 마칠지 모르니 며느리와 사위 다 빼고, 사 남매가 추억 여행을 다녀오라고 했습니다. 그리고 지난달 폐암 수술하러 병원에 가기 전에 일을 저질렀습니다. 여행사를 알아보고 일정을 잡아주었습니다.

어제 파파는 떠나갔습니다. 사 박 오 일간 목장은 비상사태입니다. 하지만 파파는 얼마나 좋은지 아이처럼 들떠서 좋아했습니다.

맨드라미가 무거워 잦은 비에 쓰러집니다. 파파 없는 며칠간 작은딸이 새벽 네 시면 일어나 착유하는 곳과 우사에 있을 터이고 우유 받아 치즈 공방으로 가지고 가느라 바쁠 것입니다.

두 번의 수술 후 나는 일손을 놓아버렸습니다. 하지만 비상사태이기에 송아지 우유라도 먹이고 난산이나 급체 등 젖소님들의 편한 무탈만 빌어야겠습니다.

잔디 깎고 이것저것 뒷배 보다 홀연히 떠난 파파 사 남매의 소풍이 평생 못 잊을 추억을 만들어 오길 빌고 또 빕니다.

'자유롭다. 파파가 없어서 밥 차릴 걱정은 없는데 그동안 무엇을 하지?'

LUNA's FARM
Cafe
Pizza
yogurt
cheese
cookie

미국에서 인턴십 하러 온 학생

오늘부터 4주간 인턴십 하러 미국에서 온 학생, 아다마리입니다. 그녀는 미국 아이오아 주립대 축산과 3학년인데, 학교 교육프로그램에 글로벌 인턴십 과목에서 한국을 지원해 충북대 김관모 교수님의 주선으로 이곳으로 왔습니다

카길 사료 회사에서 지원한다네요. 4주간 은아목장에서 한국 낙농과 과테말라 낙농을 비교 연구를 한다고 합니다. 내년에는 제가 과테말라 낙농 산업을 보러 가기로 했습니다

딸이 하나 더 생겼네요. 아주 활달하고 예쁩니다. 소맥도 알고 한식도 잘 먹네요. 추석에 송편도 빚고, 제사에 참석도 시키고, 노는 날에는 장 구경도 가고, 한국요리와 한국어도 가르치고, 예쁜 옷도 사입히고... 그러다 보내려고요.

부모님이 과테말라에서 미국에 이민 가서 고명딸 하나 키우신답니다. 아주 착하고 예쁘게 생겼네요.

난생처음 나를 위해 쓴 돈

어제 불금에 길을 나섰습니다. 산속에서 목장을 일구며 제일 궁했던 게 문화적인 혜택이었습니다. 그동안 애들 키우고 목장 일구고 기술 배우느라 몸에 암 두 개가 붙어 있는 줄도 모르고 오로지 자식과 남편을 위해 살았는데, 지금부터라도 내 하고 싶은 거 하고 살 거라고 선언을 했습니다.

다행히 가까운 동네 이천 아트홀에서 폴 포츠 음악회를 한다는 현수막을 수 개월 전부터 보았습니다. 직접 전화를 해서 표 두 장을 샀고 어제저녁 일 끝내고 친구랑 다녀 왔습니다.

만석이었지만 참 좋았습니다. 관현악단, 오페라, 아리아, 색소폰 연주, 무대가 멀어서 글씨가 안 보였지만 평소에 듣던 노래가 나오자, 흥얼흥얼 빠져들었습니다. 그 순간 얼마나 행복했는지 모릅니다.

다음 달에는 응산의 재즈와 12월에는 양희은의 공연도 보러 갈

것입니다. 늦게라도 나 자신을 위해 돈과 시간을 쓰고 행복하기로 했습니다

'암이 두 개면 어때! 개들도 내가 행복해하면 날 위해 행복해할 시간을 더 연장해 주겠지.'

지난밤은 참 감사한 시간이었습니다. 다음 주는 오대산에 단풍 구경하러 갈 생각입니다.

멘토께서 오시다니!

저희 목장에 일본 북해도 낙농의 대선배님과 작은딸이 나온 축산대학교 학장님께서 오셨습니다. 한·중·일 낙농교류회 창시자이시며, 제가 아버님처럼 모시는 한국 낙농 계의 거두라고 할 수 있는 분도 오셨습니다. 그제 농협서 주최하는 낙농 콘퍼런스에 강사로 오셨다가, 일부러 길을 돌아 제자이며 후배가 사는 곳을 보시고 격려해주러 오셨습니다. 앞에 손녀딸을 안고 계신 분이 호소다 목장 사장님이시고, 저의 낙농 삼십 년 멘토십니다. 그분의 삶과 낙농 철학은 삼애정신입니다. 평생을 젖소와 함께 삼대를 살아오시며, 북해도 낙농가의 명맥을 이어가고 계십니다. 그제 강의시간에도 팔십 노구인데도 쩌렁쩌렁한 목소리로 살아오신 이야기를 하셔서 깊은 감동을 받았습니다.

딸이 대학에서 공부할 때 북해도에 가서 들르면 목장에서 일하다가 차도 주시고, 항상 반갑게 맞아 주신 분이십니다. 제자가 한국에 돌아와 구제역으로 소를 다 죽였다고 하니까 당시 한국 돈 천만 원을 보내어 소 사는데 보태라고 하신 분이십니다.

딸이 비싼 일본 사립 농대를 다닐 수 있었던 거는 이분들이 주신 장학금 덕이었습니다. 동문 장학금인데 매달 백만 원 정도를 주시며 일본인이 한국에서 어려운 일을 당하면 도우라는 조건으로 사 년을 받았고, 교수님께서는 학비를 반만 내게 해 주셨고, 환율이 쌀 적에 내도록 선처를 해 주기도 했습니다. 한국어가 필요하면 불러다 한국어 통역으로 아르바이트하게 해 주셨습니다.

목장에서 만든 치즈도 드시고, 피자를 구워 드리니 달게 드셨습니다. 농사를 짓는 분은 꽃씨에 관심이 많으므로 집안에 핀 조롱박, 맨드라미 등 여러 꽃씨도 챙겨 드렸습니다. 건강하셔서 꼭 다시 오시라고 인사를 드리니 눈물을 글썽이면서 손을 잡아주셨습니다.

삼십 년 지기 멘토님, 대선배님과 손주들이 찍은 기념사진은 아이들 머리 위에 놓아줄 것입니다.

농부의 셈법

해마다 팔월이면 밭을 갈아엎고 씨를 뿌리고 싶어집니다. 농사꾼들의 고질병이라고 할 수 있지요.

중복에서 말복쯤이 이곳에서 김장을 심기에 가장 적당한 때입니다. 인정 많은 남편님이 싫다는 내색도 없이 종묘 상가에서 씨앗을 사 왔습니다. 배추 모종은 이 주 늦게 심고, 총각무, 무, 갓, 당근, 쪽파, 아욱, 상추, 치커리, 조선 배추, 홍무 등의 씨앗을 사 왔습니다.

씻값으로 배추를 사면 싸지만, 농사꾼 셈법은 다릅니다. 퍼주고 싶어서, 가끔 술친구와 밥 친구가 되어주는 식당 마나님도 주고, 형제들도 주고 싶고... 그래서 밀 심을 밭을 뒤집고 꾸밉니다.

일기 예보를 보고 씨를 심습니다. 요즘 종묘사는 발아율이 높습니다. 촉이 서면 똑딱 벌레를 죽여야 합니다. 날이 누그러들고 선선해지면 배추와 무가 크는 게 보입니다. 이 재미로 농부들은 밑지는 농사를 짓나 봅니다.

김장재료를 생각하고 밭 작업을 합니다. 깍두기용 총각무는 아기 머리통만 하게 키우고, 은아 마님표 무김치는 씨앗 넣고 많이 솎은 질 않고 아예 밭에 퇴비를 넉넉히 넣어 그냥 자기들끼리 쑥쑥 크게 해 줍니다.

무가 마치 칼자루만 하게 밑이 들고 무청이 야들해 지면 김치를 담그는데, 드셔본 분들은 그 김치 맛을 못 잊어 하십니다. 맵지도 짜지도 않고, 시원하고 달달한 김치 맛에 반한 분들이 많아져서 씨앗 파종이 덩달아 늘어가기만 합니다.

젓갈도- 멸치, 황석어, 갈치속젓, 새우젓, 멸치액젓- 길게는 이년 전부터 사다가 숙성시킵니다. 고춧가루는 중간 맛으로 생고추를 갈아쓰기도 합니다.

쪽파 심은 거 다듬고, 갓도 뽑아 썰고, 찹쌀풀에 홍시, 배, 양파, 마늘, 생강이 정성껏 들어갑니다. 설탕, 미원, 물엿 등이 안 들어갑니다. 북어 머리, 파 뿌리 다시마 육수를 내리고, 무채를 썰고 속을 만들어 채워줍니다.

천연재료로 만든 김치는 마트에서 파는 것보다 내 몸에는 맞습니다. 그래서 해마다 육 개월 정도 식량 준비를 합니다.

보리랑 귀리밭에 무청 김치, 시퍼런 조선배추김치는 나의 건강식입니다. 최고의 건강식인 김치를 담아 나누고 싶습니다. 아직 이 정도 힘은 쓸 수 있다는 남편님과 만들어 먹고 나누어줄 수 있어서 행복합니다.

관심병사들에게 강의하다

7사단 관심병사들이 어제는 20명, 오늘은 40명이 작은 버스를 타고 왔네요. 4년째 매 달하는 행사인데, 점점 병사들이 늘어갑니다. 차가 작고 배차가 어려워서 지난달부터 두 번에 나눠, 마음이 아픈 청춘들이 옵니다.

병사들은 오늘도 피자를 굽고, 말과 양과 송아지에게 밥을 주고 쓰다듬고, 강아지와 놀고, 유치원에서 온 손주들을 무동 태우고 놀아주었습니다.

저는 그들 앞에서 마이크를 잡았지만, 갑상선 수술 후 목소리가 제대로 나오지는 않았습니다.

그래도 강의를 하면서 그들의 나이를 물으니, 21~25세 정도라고 했습니다. 눈으로 보아서는 심하게 안 좋아서 의가사 제대를 할 병사들 같지는 않았습니다.

목발을 집고 보조 발을 신고 목장에서 살아가는 이야기를 했습니다. 하고 싶은 일을 하고 살며, 즐겁게 일을 분담해 살았고 노력했기에 오늘 그린캠프 친구들이랑 만날 수 있었다고 했습니다.

나도 관심병사 친구들 나이에 '아프니까 청춘'이라는 시기를 암울하게 보냈고, 힘든 산속에서 목장 일을 못 할 거 같다고 대부분 말렸지만, 유일하게 아버지의 격려로 참고 견딜 수 있었다고 했습니다.

긴 세월 희망의 끈을 놓지 않고 살다 보니 운이 좋아 상복 많은 여인이 되었는데, 사실 운도 노력하지 않으면 안 온다고 했습니다. 직업에 귀천 없는 시대에 내가 일하면서 행복한 일을 기쁜 마음으로 하고 살면 된다는 내용으로 이십 분 정도 말해 주었습니다.

사십 명 중 십 분의 일인 네 명의 가슴에 불꽃이 피었다면 오늘 나의 이야기는 성공이라고 여기고 싶습니다.

그리고 집으로 와 뻗었습니다. 찐득거리는 땀, 뻐근한 가슴, 다음 달에는 어느 암자로 피정을 가야 할 것 같습니다. 그나마 이렇게 청년들 앞에서 말할 기회를 주신 명의 박정수 선생님께 감사드립니다. 아직 이 세상에서 제 할 일이 좀 더 있는 듯싶습니다.

새해에도 이렇게 살고 싶다

새해 첫날이 주일이었지만 눈이 비와 함께 내려 몹시 춥고 미끄러워서 성당 미사에 가지 못했습니다.

넘어져 자빠질까 봐 간신히 차로 신축 카페 건물로 가서 점심도 거르고 그림을 그렸습니다. 세상에 하나뿐인 카페 메뉴 간판과 카페 문에 그림을 그렸습니다. 손녀 수빈이가 할머니를 따라 바로 옆에서 그림을 그렸습니다.

참으로 얼마 만에 찾아온 삶의 편안함인지 모르겠네요. 지인들이 보내주신 커다란 생대구로 따뜻한 생선국을 내 손으로 만들어 이웃들과 함께 먹을 수 있어서 행복했고, 손주들 세 명이 크는 거를 바로 옆에서 보고 살 수 있어서 감사하네요.

죽음과 두려운 병의 고통에서 잠시 벗어나 가족을 위해 국과 찬을 만들 수 있고, 마음을 가라앉히고 서툰 솜씨지만 바느질도 하고, 간판에 그림도 그릴 수 있고, 이렇게 할 수 있는 일이 있다는 게 얼마나 고맙고 좋은지 모르겠습니다.

새로 지은 건물 문짝에다 꽃을 그렸습니다. 수선화, 알리움 별꽃… 봄날을 기다리며 그림을 그려 넣었습니다.

참 감사하고 고마운 분들이 많이 계시어 그분들께 인사를 드립니다. 밤이면 별들도 조는 깊은 밤 따뜻한 방에서 유튜브로 신부님의 특강을 들으며 수를 놓을 수 있어서 참 감사하네요. 거북이 카페의 일원으로 많은 사랑 속에 어둠을 뚫고 잘 견디고 참아온 시간 덕분입니다. 많은 분께 감사드립니다.

눈 오는 겨울날

눈이 내리네요. 어릴 적에는 너무 좋아 '라키'라는 개하고 눈 내린 길에서 아무도 밟지 않은 곳을 신바람 나서 걷고 놀았습니다. 손이 시린지도, 발이 눈 속에 어는지도 모르고 놀았습니다.

지금은 목장 안에서 손주들이 개들하고 놀지만, 온몸이 종합병

원인 나는 창문 너머로 내다보며 "이를 어쩌, 어쩌!"하며 눈 녹기만 바라고 있습니다. 언덕배기에 사는 까닭에 겨울이 더 고된 우리 가족들, 우유도 팔아야 하고, 사료 차도 들어와야 하고, 찬거리 사러 나가야 하기에 아침부터 눈 치우기 작전에 들어갔습니다.

고물개로 밀고, 비로 쓸고, 손으로 해야 하는 눈치는 작업입니다. 눈 아래 그래도 무스카리, 수선, 튤립이 속삭이고 있듯이 봄을 기다리고 있고, 나목의 벚나무 꽃눈이 익어가네요. 이달만 지나면, 소한, 대한만 지나면 눈 아래 냉이도, 망초 싹도 푸름을 더해 갈 것입니다. 눈 내린 날 아침, 햇빛도 찬란하고, 바람도 잦아 눈 치우고 들어온 남편의 얼굴에 사과 두 알이 익어 갑니다. 김칫광에서 김치를 꺼내 '송송' 쓸어 국을 끓여 속 풀게 해 주어야겠습니다. 조금만 춥고 겨울이 갔으면 좋겠네요.

헝가리 치즈 장인

이번 여행에서 제일 고맙고, 치즈를 만드는 동지의 의리를 느낀 것은 헝가리 치즈 장인, 나르시스 비어크의 따뜻한 배려였습니다.

부다페스트에서 기차로 세 시간 걸려 루마니아 국경 근처에 있는 그의 작업실에 찾아갔습니다. 수많은 질문 공세에도 막힘없이 가르쳐 주고, 숙소까지 제공해 주고, 세끼 끼니를 챙겨 주는 그의 너그러움에 '전생에 내가 덕을 많이 쌓았나'라는 생각까지 들었습니다.

그는 주먹구구로 하는 유가공업자가 아니라 첨단과학도였습니다. 집과 작업장 어느 곳에든지 먹거리에 관한 책들이 놓여 있었습니다. 그는 늘 연구하고 공부를 하는 것처럼 보였습니다. 네덜란드, 프랑스, 독일, 이탈리아에서 배운 치즈를 기본으로 해왔던 저의 기술이 너그럽고 유연해지는 듯싶었습니다. 그로 인해 신제품

출시에 가닥을 잡았습니다. 그래서 그를 올해 한국으로 초청하기로 했습니다.

헝가리 의과대학 삼학년 여대생이 통역 봉사를 했습니다. 까다롭고 어려운 의학을 공부하는데 시험을 다음 학기로 미루고 통역을 하기 위해 함께 여행했습니다. 그녀가 의사면허를 따고 선교 일을 하는 의사가 되고 싶다는데, 제가 아프지 말고 자기 결혼식에도 오고, 일하는 모습도 꼭 보여주고 싶다고 하네요.

거의 지구 반대편에 사는 나이 들고 몸도 아픈 동양 여인이 두 번씩이나 먼 길을 날아 찾아오고, 의욕적으로 배우고 싶어 하자, 진심으로 가르쳐주었습니다. 더군다나 실습비도, 강의비도. 숙박비도 안 받을 정도로 깊은 정을 느끼게 해 주었습니다.

내년에는 루마니아 속에 헝가리인들이 옛 모습으로 살아가는 지역으로 함께 여행하며 치즈 동지를 보러 가자면서 그 지방 유튜브를 보여주는데 동화 속 나라처럼 아름다웠습니다. 아침 식사 중에 본인의 이름이 새겨진 하드타입 치즈를 보여주며 재로 그린 그림을 설명해 주었습니다.

두 번째 일요일, 집시 교회에 갔습니다. 빵과 차를 만들어 아이들하고 예배 후 함께 시간을 보냈습니다. 한 남자아이에게 내가 만든 빵과 차를 주니 땡큐하며 다가와 안기었습니다.

아홉 살짜리 아이인데 엄마가 열넷에 자기를 낳고, 지금은 절도를 해 교도소에 복역 중이라고 하네요. 할머니가 키우신다는데,

어미 정이 그리웠는지 마구 파고드네요. 삶의 목적 없이 사는 아이들에게 꾸준히 선교 중인 목사님 부부의 노력에 감동받는 시간이었습니다.

프라하 공항에서 대한항공으로 아홉 시간 반을 타고 인천 제2터미널에 다음날 열두 시 반 경에 무사히 안착했습니다.

건강히 다녀올 수 있게 수술을 잘해주신 박정수 교수님께 감사드립니다.

정직한 농부가 되면 좋겠다

이제 예순 중반을 넘어 오늘 오전, 오후 두 군데, 손주들 초등학교와 유치원 입학식에 가게 되었습니다.

봄 햇볕은 따스하지만, 바람은 콧대 높은 아가씨처럼 도도하게 품으로 파고들어 매우 쌀쌀하네요. 초등학교 입학생 다섯 명, 유치원 아가들 열 명의 입학식이었습니다.

뒤에서 손주들 입학식을 지켜보며 세월이 얼마나 빠르게 흘렀는지 그사이의 일들이 주마등처럼 스치고 지나갔습니다. 내가 딸을 낳아 학교를 보내려고 하자, 하나둘씩 도시로 이사를 하는 이웃 농부들은 “자식을 공부시키기 위해서”라고 했습니다. 그래서 나도 자식 공부 때문에 많이 고민이 됐고 평생 걱정 반, 기우 반으로 살았습니다. 지금은 잘 커 준 두 딸을 보며 손주들 교육에는 큰 걱정이 없습니다.

초등학교 교장 선생님의 “주입식 교육이 아니라 학생들이 하고 싶은 일을 찾아주는 행복한 학교생활이 되도록 지도를 하겠다"라는 말씀에 공감했습니다. 손주들이 친구들하고 잘 놀고 잘 커 주었으면 합니다.

유치원 입학하는 작은 손자, 딸네 네 식구가 앉아 있습니다. 팔년 전, 아이를 낳고 눈길에 핏덩이를 안고 내게 왔는데, 그때 산 넘어 한우 농가에서 발생한 구제역으로 반경 3km 내에 가축은 생매장하겠다고 해서 우리 가족은 핏덩이를 방에 누이고 뜬눈으로 지새웠습니다.

갓난아이가 있는 집에서 생떼 같은 소를 죽여 땅에 파묻는 엄청난 참사가 일어나지 말기를 나의 신께 간구했습니다. 고무줄 같은 법이 그날 밤 바뀌어 소는 죽음에서 벗어났지만, 이동제한에 걸려서 아무도 들어올 수도 나갈 수도 없이 몇 달을 살았습니다.

소들이 배고파했지만 사료를 싣고 들어올 수 없어서 아이 낳은 산모가 푸석한 얼굴로 사료 포대를 싣고 소 먹을 풀을 날라야만 했습니다. 그 시절 유일한 버팀목은 갓 태어난 손주 놈 얼굴 들여다보는 일이었습니다.

방긋방긋 웃는 아이를 보며 죽음의 공포를, 유난히 추웠던 겨울을 이겨낼 수 있었습니다.

그 아이가 커서 학교에 간다니, 세월 앞에서 지난날의 어려움을 다 잊게 되는 것 같습니다. 간절히 빌고 싶습니다. 내 손자들이 행복한 학교생활이 되기를요.

남을 배려할 줄 아는 속이 깊은 아이로, 공부는 꼴찌를 해도 행복한 아이로 자라면 좋겠습니다.

판검사나 의사가 못 돼도 좋습니다. 할미가 키우던 젖소 키우고, 농부로 글 쓸 줄 알고 음악을 들을 줄 아는 농사꾼으로, 건강한 먹거리를 생산하는 정직한 농부가 되었으면 좋겠습니다.

이제 다음 주부터 할미는 통학기사가 되어 다시 초등학교에 다니게 되었습니다.

오늘은 밭에서 기었네요

두 주 전에 밭을 갈았어요. 농부로 살면서 봄에 해동하고 묵은 밭을 갈 적에 새 흙을 뒤집는 맛으로 평생 농사짓다가 돌아가신 숙부님은 봄날에 밭 가는 날 소 굴레를 챙기시며 경건하게 말씀하셨지요.

"이 맛에 농사를 지었다."

밭 갈고 뒤뚱거리는 마누라 다니기 좋으라고 남편은 고랑을 넓게 파고, 풀 나지 말라고 검정 비닐 깔아 두었지요. "우리가 먹을 채소인데 농약 안 치고 화학비료 덜 주고 키우려면 이 방법이 최고여!"라고 하면서 남편은 성화를 부립니다.

어제 늦게 요것조것 사다가 오늘 애들 할배하고 밭에서 놀았습니다. 고추 네 종류, 토마토 두 종류, 가지와 오이 두 종류, 수박과

참외 그리고 호박 두 종류, 들깨, 옥수수, 상추, 열무, 당근, 붉은 무를 심었습니다. 파는 이미 심었고요. 다음 주에 미니 오이와 갓끈 동부도 씨를 넣을 참입니다.

씨앗 모종값이 많이 나가 그 돈으로 사 먹으면 편하지만 아직은 내 땅 갈아엎어 넉넉히 농사지어서 오고 가는 이들에게 밥 드시고 가라고 한 소쿠리 상추 뜯어 입 벌리고 보리밥 한 사발 함께 먹고 싶고, 애호박 따다 새우젓에 볶고, 열무 고추장에 비벼 소찬이지만 친구가 오면 한 상 차려주고 싶어서, 부부는 뜻이 맞아 종일 심고 덮고 물 주고를 했지요.

비가 내리고 땅 냄새를 맡아 잘 자라면 서리 올 때까지 소쿠리 들고 한 바퀴 돌고 나면 찬거리가 하나 가득할 것 같아요. 먹다 먹다 남으면 돼지도 주고, 닭도 주고, 말리고 소금물에 삭혀 겨울 찬거리로 만들고... 손 큰 할배가 마누라 아픈 것도 까먹고는 왕창 심어 놨습니다. 지나다 들리시면 보리밥에 호박잎 찌고 된장 지져서 밥상 차려 드리지요.

사월을 그리 보냈습니다. 텃밭에 모종 심고, 꽃밭에 꽃씨 사다 심었습니다. 한련, 해바라기, 달리아, 세이지, 코스모스, 백일홍을 심으러 할배하고 둘이 바쁘게 돌아쳤네요.

막걸리와 참도 없고, 농사일은 고달프지요. 긴긴 해, 송홧가루 날리는 날, 허리 펼 새도 없이 풀 뽑고, 거름 주고, 토끼에게 주고, 살판난 봄날의 하루입니다.

밀이 핍니다

오월의 해 질 녘에 목장 안은 푸르름으로, 바람결에, 부드러운 유혹으로, 첫사랑의 가슴 떨리던 아스라함으로 물들여집니다.

동동 바쁘게 카페로, 체험장으로 다니다가 몰려오는 피곤함에 눕고만 싶네요. 늘 오지랖에 시달리지만, 다음 달에 있을 목장 저녁 만찬 홍보용 촬영을 눈감고 모른 척할 수가 없었습니다.

풀밭으로 덮인 들판에 나갔습니다. 애기똥풀이 노랗게 물들인 구석구석에 밀은 위용을 뽐내고 있습니다.

오월의 푸르름은 늘 나에게 삶의 용기를 줍니다. 모진 추위를 이겨낸 앉은뱅이 밀은 나에게 말을 걸어 줍니다. 가을에 뿌렸던 씨앗이 가냘픈 이파리 서너 개로 긴 겨울 눈 이불 속에서 헐떡이며 지내다 쑥 고개를 내민 밀대를 보며 오월에는 늘 감동을 합니다.

마치 내 나이 열여덟에 받아 보았던 하얀 편지를 읽으며 가슴 설 던 그 시절 같이 가슴이 시리게 푸르름은 짙고 떨리게 다가오네요. 밀밭이 누렇게 익어가는 하늘 위로 "지지배배"라고 울며 올라가는 종달새를 떠 올리며 종일 수고한 고단함을 잊으려고 합니다.

어린 시절 해가 길어진 오후에는 늘 배가 고팠습니다. 출출해서 무언가 먹고 싶으면 학교 파하고 오다가 보리 밀 싹을 꺾어 불에 거슬려 먹던 어린 시절을 회상했습니다. 구수한 밀알이 몇 개 입안으로 들어가면 입가에는 검댕이 까맣게 묻어 있었습니다.

친구와 밀 서리를 하던 칠십이 넘은 카페 손님들이 배고픈 지난날을 회상하셨습니다.

"참 좋은 시절이야! 건국이래 이렇게 등 따시고 배부른 시절이 없었던 것 같아."

하얀 이팝나무가 피고 독일 아이리스가 핍니다. 층층나무가 피고 둥근 공조팝이 핍니다.

그렇게 봄날은 무르익어갑니다.

노을빛 목장 다이닝

이곳에 살면서 초여름으로 넘어가는 유월 초에 목장의 푸른 풀밭에서 만찬을 하고 싶었습니다.

소박한 음식과 음악이 있고 목장의 정취를 좋아하는 분들과 소통하는 시간을 가졌으면 하는 마음이 있었습니다. 드디어 그 바람이 이루어졌습니다. 풀밭에 앉아 서빙해 주는 요리를 먹고 쉐프가 추천하는 와인을 마시며 이야기하는 시간을 가지게 되었습니다.

저녁노을은 아름다웠고 피어난 장미는 고왔습니다. 전문가 선생님들이 카페를 화려하게 변신을 시켰습니다. 날이 뜨거워 메인 식사는 카페에서 하고 치즈 시식과 후식만 야외 풀밭에서 했습니다. 뜨거운 해가 조금 서운했네요. 구운 빵과 프랑스식 토마토구이 그리고 바질 페스토와 수제 버터, 미쉐린 별 두 개의 정식당 쉐프의 요리는 느리지만 깊은 맛을 느끼게 해주었습니다. 석양의 목장 풍경은 아름다움 그 자체였습니다.

가뭄 속의 목장

인생살이가 매해 기록의 경신인 듯싶네요. 팔월 가뭄에 기를 못 펴고 하늘만 바라보며 비를 내려주시길 간절히 바랐습니다.

목장 터가 마사토이기 때문에 물 빠짐이 좋아 물 조절만 잘해주면 농사와 젖소 키우기에 최상의 여건이지만, 불볕더위에 타들어 가는 근 한 달간 가뭄에는 어떻게 손을 쓸 수가 없네요.

아침저녁으로 호수 줄을 끌어서 물을 주었지만, 점점 타들어 가는 나무와 풀과 꽃을 보며, '이러다 이곳에서 목장을 접어야 하나!' 싶어졌습니다.

그래도 가뭄을 견디는 토종채송화가 웃는 듯 심신을 달래주었습니다. 펄 벅의 소설 '대지'가 떠올랐습니다. 사람의 힘으로 한계를 느끼고 간절히 비를 바랐고 조금 비가 내렸습니다. 여유를 찾은 꽃과 풀과 나무를 바라보며 많은 생각을 하게 됩니다. 관수하는 방안을 검토해야 할 것 같습니다. 깊은 고민에 빠져들었습니다.

비구름이 떠다니더니 비가 내렸습니다. 나이 들면 걱정이 늘어나는지 이번에는 벼락 비가 내릴까 봐 근심입니다. 비를 머금은 풀밭에는 생기가 도네요.

어제는 종일 물을 안 주는 대신 바느질을 했습니다. 그래도 전기가 있어서 에어컨을 켜고 물을 줄 수 있는 수중 모터가 있어서, 행복한 시대에 살아감을 감사했습니다.

4미터의 도이리를 비를 기다리는 마음으로, 기도하듯이 수를 놓았습니다. 장미가 천 송이는 되지 싶네요. 더위가 끝나지 않았지만 조금 수그러드는 기온을 느끼며 뜨거운 여름이 농부의 삶을 겸손하게 단도 질을 하는 것 같네요.

바쁜 토요일

오늘은 바쁜 토요일이었네요. 가을비가 내릴 듯 하늘은 흐렸습니다. 체험준비로 바쁜 딸들을 위해 '카페지기나 해야지'라는 마음으로 부지런히 카페로 가는데, 개들이 짖으면서 검정 염소를 이지메를 해댔습니다.

놀라 소리를 치며 목발을 휘둘러서 개를 쫓아내자 "메엥" 소리치며 뛰던 염소가 내 품으로 파고드네요. 얼떨결에 수놈 염소를 안아 올려 집으로 넣어 주고 한숨을 돌렸습니다.

염소를 데려온 지 넉 달, 그동안 생풀과 칡 이파리를 뜯어 정성으로 먹였더니 배가 불룩해 졌습니다. 새끼를 가진 것 같네요. 애가 애를 낳게 생겼습니다.

내 나이 열여덟에 심은 밤나무는 오십 년 세월이 흘러 철도 침목 감으로 커져 지독한 가뭄에도 밤알이 탱글탱글합니다. 바람에 떨어진 거를 주워 손주 놈에게 삶아서 까 주면 날름날름 잘도 받아 먹습니다. 할머니 노릇 하려고 부지런히 밤을 쓸어 담았습니다.

지난달 갑상선 정기검진 다녀오느라고 혼자 운전하고 피 뽑고 약 타러 다녔더니 힘들었는지 일주일을 앓았습니다. 이불 덮고 누워만 있기가 싫어서 바느질을 했습니다.

남부 독일 알고이 지방은 이맘때쯤이면 방목 후 하산하는 송아지 목에 예쁜 꽃다발이 걸려있습니다. 그게 보고 싶어서 이맘때는 늘 그곳에 가고 싶습니다. 다릿심 더 빠지기 전에 박정수 교수님과 여행을 떠나고 싶어지네요.

해가 짧아져서 일곱 시면 어둑어둑해지네요. 조금 추위가 느껴집니다. 가을 속에 오늘도 행복한 하루였습니다.

아름다운 시월에

칡 끊어 준 거를 먹어대는 염소를 바라보며 해바라기 하는 곳에서 낙엽이 뒹구네요. 낙엽 따라 가버린 사랑, 샹송 '가을편지'를 듣고 싶어졌습니다.

지난달에 태어난 미니 돼지들은 어미와 떨어져 뻥튀기 과자로 훈련 중인데 코로 땅파기를 하면서 놀고 있습니다. 귀여운 놈들, 내 새끼가 하나 더 늘었네요.

오늘도 오전 오후 세 팀이 다녀가셨습니다. 그래서 종일 카페서 커피를 내리고, 우유 강의를 했고, 두 번 산등성이를 따라 칡을 끊어다 염소와 토끼 배를 채워주었습니다.

칡 끊는다고 햇빛 보고, 땀 흘려 칡 잡아당기고, 산에 기어오르며 놀았습니다. 만추의 가을 속으로 푹 빠져들게 시리...

이 주 전에 땋아 소금에 삭힌 들깻잎에 다시마 육수를 내리고, 청양고추, 마늘, 양파, 액젓, 물엿, 소주, 진간장 넣고 갖은양념에

쪘습니다.

시월 상달에 갈무리 반찬 만들고, 김장 밭에 알타리 뽑아 지레 김치 담고, 애호박과 늙은 호박 거두고, 고추이파리 따서 말리고 자리에 누우니 좋습니다.

아름다운 시월이 곧 저물 테니 부지런히 수선화와 튤립을 심어야 할 듯하네요. 올가을 시월은 참 아름답습니다.

밤새워 그린 민화

손주가 다니는 초등학교에서 민화를 배우는데, 학예회 때 기량을 전시한다며 오늘은 교장실에서 배웠습니다.

생활 민화로 앞치마를 배웠는데, 붓과 물감이 정통민화보다 거칠고 자유롭고, 천에 그리는 거라 그런지 유화를 그리는 것처럼 아크릴 물감으로 나무에 칠하듯 술술 칠해져서 밤잠을 못 자게 했네요.

모란도를 변형했는데 크게 몇 송이의 모란을 그리고 정중앙에 꽃을 물고 있는 젖소 아가씨를 그렸습니다. '마스카라가 너무 진했나!' 어쩜 물오른 열일 곱, 그 시절에 못 해 본 긴 속눈썹이 평생 그리움으로 숨어 있었나 봅니다.

작은딸이 "엄마, 나는 용이나 호랑이를 그려 주세요"라고 했습니다. 그래서 내년에는 호랑이를 공부할 거지만, 명랑하고 재치있는 작은딸이 입으라고 호돌이를 그렸습니다. 그 아이 머리에도 꽃

벙거지를 얹었습니다. 눈알도 뱅글뱅글 돌리고 예쁜 처자 앞에서 벙긋 웃는 호랑이를 표현해 보았습니다.

마지막으로 내가 입으려고 모란도의 이미지를 가져와 화사한 유월의 모란을 그렸습니다.

이번 주에는 배추를 뽑고 다듬어 절이고 속을 준비하느라고 그 고단함에 밤잠을 잃었지만, 남편이 농사지은 거 뽑아 지인들과 나누는 넉넉함이 좋아서 그나마 내 힘으로 김치를 만들어 먹으니 감사하기만 했습니다.

내일 백김치와 동치미를 마무리하면 두 주간 인도차이나반도에 다녀와야 합니다. 그곳에서 나의 손길을 찾는 이들이 있어서 가야 합니다. 아직도 내 도움이 필요한 곳이 있다는 것에 고단함보다 감사함이 더 넘쳐납니다.

태국 연수

지난주 내내 태국에서 전국에서 내로라하는 젖소 아비들하고 태국 연수를 다녔습니다.

휠체어를 밀어주며 "영원한 젖소 누님, 아프지 말고 쨍쨍하게 다니시며 오래오래 함께해요"라고 여러분이 말을 해 주셨습니다. 살다 보니 이젠 '젖소 누님'이라는 소리까지 듣네요.

태국에서 '부겐빌레아'라는 꽃을 보았습니다. 한 나무에 다섯 가지 색의 꽃이 피어나 너무나 아름다웠습니다. 나는 홀딱 반해서 "부겐빌레아, 부겐빌레아"라고 노래를 부르며 지냈습니다. 꽃을 좋아하는 젖소 엄마는 아무래도 추운 겨울에는 인도차이나에서 지내야 할 것 같습니다.

부산 사시는 대 위원 한 분이 "소문에 두 개의 암 수술을 받고 곧 저세상 사람이 된다고 수군댔는데 더 건강해져서 오셨네요"라고 하면서 장미 꽃다발을 주셨네요. 아직 할 일이 남아 더 일하다

가라는 뜻이라며 수술 잘 견디고 환한 모습으로 오시어 감축드린다며 홍일점인 저를 감격하게 했습니다. 이 꽃다발은 거북이 카페 회원님들한테, 박정수 선생님께 드리고 싶습니다. 빳따야의 밤에 눈시울이 촉촉해졌습니다. '잘살아 왔구나' 싶어서요.

어젯밤에 귀국했고 다시 내일 아침 비행기로 베트남으로 갑니다. 이웃에 젖소를 키우는 열혈 친구가 있는데, 이십 년쯤 전에 사별하고 아들 형제에게 목장을 차려준 여장부입니다. 그분 환갑생일축하를 해 주고 한국의 낙농기술을 전수해 주러 비즈니스 겸 갑니다.

박항서 감독의 영향인지 한국의 집약적 낙농기술을 배우고 싶다 해서 기초 자료를 보러 갑니다. 잘 다녀와서 호찌민의 밤, 무이네 해변에서 생일잔치 소식 전해 드릴게요.

목장의 겨울

베트남서 돌아온 지 일주일이 되었습니다. 제주도의 률라 님이 만들어주신 풍선 아트를 끙끙 이고 지고 가서 환갑잔치를 잘 해 주고는 그만 피로가 겹쌓여 감기에 걸렸습니다. 무이네 바닷가에서 치료를 받고 일주일 내내 물먹은 솜처럼 지냈습니다.

하지만 마음은 비 온 뒤 하늘처럼 맑아서 그림을 그릴 수 있었습니다. 날은 어쩜 그리 추운지, 사철 꽃 피고 따뜻한 곳이 부러워, 오라고 부르는 이만 있다면 따라가 살고 싶네요.

눈이 내리고 어제부터 심술쟁이 동장군은 네활개를 치듯이 춥네요. 카페에서 내려다보는 겨울은 콧대 높은 젊은 날의 내 모습처럼 도도하게만 느껴집니다.

풀밭에는 잔설이 머물고 바람은 쌩쌩 부는 날, 붉은 털목도리를 두르고 쌩쌩 바람을 가르며 자전거를 타고 싶습니다. 붉은 얼굴 수줍게 가리고 마구마구 앙상한 가로수길을 따라 달려 보고 싶습니다.

베트남 들판에서 풀을 뜯어 먹고 있는 누렁소들은 왜 그리 바싹 말랐는지, 그래도 흑단 같은 검은 눈동자를 잊지 못해 선글라스 끼고 살라고 꽃 모자 쓴 젖소로 환생시켜 주었습니다. 나도 소 그림처럼 당당하게 살고 싶습니다.

눈이 부시면 하얀 테의 선글라스를 쓰고 훌훌 다니고 싶었지만, 촌에 사는 나는 평생 그렇게 해 보지를 못했습니다. 눈이 부신 날에는 선글라스를 쓰고 활보하고 자전거도 씽씽 타보는 그런 삶이 꿈으로만 끝나지 않기를 소망합니다.

'추위가 언제 가고 꽁꽁 얼어붙은 대지에 훈풍이 불어오려나.'

새해에는 우리 꽃길만 걸어요

오늘이 2018년 마지막 날이네요. 괜히 쓸쓸해졌어요. 다행히 낮에 바람이 매섭지 않아 풀밭도 걷고 염소와 양과 토끼에게 솔가지도 꺾어 주고 양배추도 뜯어 주었습니다.

읍내 화방에 가서 물감도 샀고 캠퍼스와 천도 샀습니다. 깊은 밤 상을 피고 쓱싹쓱싹 그렸습니다. 내일은 오토바이를 타는 돼지 아가씨를 그리고 싶은데, 오늘은 화관 쓴 듀록종을 그렸습니다.

어제 나른한 오후에 카페에서 와인 한 잔 놓고 손님들과 이야기를 나눴습니다. 흑백사진이 더 여유로워 보이지요.

내일은 카페에서 바느질하며 앉아 있으려 합니다. 햇살이 감미롭거든요. 게발선인장이 흐드러지게 피어났습니다.

이 공간에 오시는 님들, 내년에는 좋은 소식만 들려주세요. 그리고 복 많이 받으시고 건강하세요.

늘 음악에, 시에, 그림에, 사진에, 글과 함께 저에게 삶의 길을 열어주시는 박정수 교수님, 내년에도 주옥같은 작품들을 기다리겠습니다. 다들 꽃길만 걸으세요.

독일인 친구 모니카

모니카는 독일 프랑크푸르트에서 삽니다. 그녀가 작년 말경에 지인 결혼식에 참석하러 한국에 왔다가 은아목장에서 이박삼일 동안 묵고 있습니다.

판사인 모니카는 한국을 좋아해서 휴가를 내어 몇 달씩 한국에 머물며 저희 목장에도 서너 번 다녀갔습니다. 몇 년 전부터 다음에 오면 목장에서 며칠 지내고 싶다고 하더니 정말 추운 날 와서 우리 가족들과 함께 생활하십니다.

식성이 육식보다는 채식을 선호해서 김치를 좋아합니다. 그래서 밥상 차리기도 편하고 소탈해서 지낼만합니다. 제가 더듬 영어라 수다가 끊어져 탈이지 크게 불편한 게 없답니다.

오늘은 주일이라서 성당에서 미사를 드리고 한식당에서 친구들과 밥을 먹었습니다. 돌아오는 길에 딸기밭을 구경시켜 주었습니다. 독일에서는 겨울딸기는 없다며 삼 중 커튼 속에 딸기를 보며 놀라워했습니다.

싱싱한 딸기를 사서 카페에서 카망베르 치즈에 딸기 얹고 올리브 절임과 와인을 마시며 친구들과 다 같이 놀았습니다. 민화 그림 한 장과 앞치마를 선물로 주니까 저를 와락 안으며 "당신은 멋진 아티스트입니다"라고 하면서 진심으로 좋아했습니다. 안경 쓴 젖소, 모니카와 닮지 않았나요?

오후 햇살은 너그럽고 환해서 황포 돛배를 타고 여강 팔경을 보여주고 싶었는데, 네 명이 타야 한다고 해서 모니카에게 내년에 당신 남편과 함께 와서 우리 집에 묵으며 다시 타러 오자고 약속했습니다.

그녀와는 십 년도 더 된 친구인데, 제가 만든 치즈에 대해 깊이 있는 평가를 해 주고, 늘 맛에 대해 한 수 가르쳐 줍니다. 치즈 케이크를 만드는 법도 모니카가 한 수 전해주었습니다.

서로 건강해서 독일과 한국을 오가며 친교를 다지고자 합니다. 인복이 많은 저는 다시 역마살이 도지나 봅니다. 올해도 몇 나라는 다녀와야 할 듯합니다.

다시 건강을 찾고 친구들과 우정을 확인하며 소중한 삶을 연명하게 해 주신 강남세브란스 의료진께 감사 인사를 드립니다. 새해에도 거북이 카페 동지님들, 무탈하게 행복하시기 빕니다.

추운 겨울에 난 구제역

이번 겨울은 더 춥고 씁쓸하게 보내고 있네요. 빌어먹을 구제역이 또 발생해서 소 키우는 죄로 죄수 아닌 죄수가 되어 방문객이 끊어진 목장카페에서 자숙의 시간을 보내고 있습니다.

가슴이 아프네요. 이번에도 멀쩡하고 애먼 가축, 사 천마리가 생매장되었습니다. 언제까지 이 땅에서 이런 끔찍한 일이 벌어져야 할까요? 어영부영 시간이 흘러 구제역 비상사태가 가라앉기만 기다리고 있습니다.

올겨울은 상당히 추울 거라고 하더니 정말 춥고, 건조하네요. 황량하고 음침한 바람결에 질병이 떠돌아다닐 듯하네요. 겨울 가뭄에 보리싹과 밀 싹이 희어져 늘어만 가네요.

이렇게 겨울 가뭄이 길고 바람이 황량하게 불면 재앙이 오곤 했습니다. 그래도 사람이 떼죽음을 안 당하고 가축들이 대신 죽어간다는 것이 조금이나마 위안이 되었습니다.

이월 중순에 눈이 내렸습니다. 살살 싸리비로 걷어내기 딱 좋을 만큼. 칠순의 남편은 새벽 네 시에 일어나 우사로 가서 아침 젖을 짜고 언덕길을 쓸어내렸습니다.

마누라 카페 출근하는데 자빠질까 봐, 자빠져 병원 가면 당신 세끼 밥은 어디서 얻어먹냐며 눈을 치웠습니다.

영감탱이 세상이 변했는데, 사위한테 배워서라도 밸런타인데이에 마누라 좋아하는 꽃이라도 하나 사주지, 고작 밥 타령이냐고 눈을 흘겨봐야 내 꼴만 사나워지는 것 같네요.

간밤에 세 시경에 깨어서 목도리 두른 우유 배달 가는 젊은 젖소를 그렸습니다. '그래 난 아직 이렇게 도도한 자세로 살아낼 수 있다고. 비록 모가지에 나비도 없고 폐도 한쪽을 잘라낸 몸이지만 도도한 여인으로 내 삶을 지킬 수 있단 말이야'라는 생각으로 그렸습니다.

지금은 구제역에 인적 끊어진 시간이지만 절망하지 말고 그림 그리고, 글 쓰고, 사색하고, 공부하는 시간이라고 생각하며 나 자신을 다잡아 보고 있습니다.

내 평생 힘들고 거칠게 살았지만 이런 아픔 뒤에는 꼭 신은 반전의 뜻도 주셨습니다. 혼자 비 맞은 중 마냥 자기를 다독이며 카페서 밀크티를 마시고 있습니다.

MILK
MILK

베트남에 기술을 전수하다

하노이에서 자동차로 다섯 시간을 가면 목차우라는 예쁜 산골 마을이 나옵니다. 거기에 다시 한 시간을 굽이굽이 넘으면 해발 1,000m 높이의 산악 마을이 나타납니다.

그곳에 300만 평의 땅을 베트남 정부로부터 50년 장기임대계약을 맺으신 분들이 축산진흥을 목적으로 조사료 즉 풀을 심었습니다. 작년부터 호찌민 근교 빈투안 바닷가에서 임상실험재배를 하는 커다란 사업이 있는데 그곳에서 적극적인 요청을 해 왔습니다.

천혜의 자원을 가진 베트남과 한국 낙농기술이 만나 서로 '윈윈'(win-win)하기로 하여 목초 심는 기념식에 제가 한국 대표로 참석하여 기념사를 하고 왔습니다.

고민하다가 단아한 한복의 색으로 분위기를 나타내고 싶어서 한복을 입었습니다. 미리 축사의 원고를 써서 보냈고 베트남어로

번역이 되어 저의 뜻이 전달되어 졌습니다.

베트남 쏠라 성 농업담당 공무원, 그 옆 나라 라오스의 고위 공무원, 대만의 농업학자, 베트남 부동산개발 오너들과 투자자들, 각계각층의 내로라 하는 전문가들이 모여 축사를 하고 풀을 심는 역사적인 행사를 했습니다.

재작년 갑상선암과 폐암 수술 후 매우 무섭고 삶이 피폐해 졌습니다. 평생 일만 하고 고생하다가 이렇게 삶을 마치나 싶어 억울하기도 하고 죽음의 공포에서 무섭기도 했습니다.

울지도 못하고 신심이 별로고 엉터리 신자인 나 자신이 부끄러워 살려 달라고, 살고 싶다고 하느님께 빌 용기조차 없었지만, 평생 뼈 빠지게 배운 젖소 키우기와 우유를 짜고 가공하는 기술을 전수할 수 있으면 어디든지 가서 가르쳐 주는 봉사를 하고 싶다고 간절히 기도를 드렸습니다.

하느님께서 부족한 저의 기도를 들으셔서 응답으로 길을 열어 주신 듯이 베트남 분들이 저를 찾아왔습니다. 그분들은 사 년을 파트너를 찾아다녔다면서 저에게 간청하셨습니다.

나름 연구를 하고 정부 정책을 판단하고 그들의 시도를 검증했습니다. 그래서 사심 없이 인도차이나가 향후 유제품, 소고기, 양고기 등 축산이 발전하리라는 예측에 그들의 뜻에 공감하고 허락을 했습니다.

지난겨울에 파종한 남쪽 빈투안 성의 풀밭도 다녀오고 하노이와 호찌민을 오르락내리락하며 내 젊음을 바쳐 배운 것을 복습할 수 있어서 즐거웠습니다.

그런데 베트남 옆 나라인 라오스의 고위 공무원이 내 손을 잡고 자기네 나라는 젖소도 없고 어찌할 바를 모르니 와서 도와 달라고 하였습니다.

아침에 안개가 낀 산골을 차를 타고 지나가면서 행사장으로 가는데 그곳의 아이들이 수줍게 웃으며 손을 흔드는데 하도 작고 가냘파서 그 아이들에게 우유와 요구르트와 고기를 마음껏 배불리 먹게 해 주고 싶어졌습니다.

기후가 춥지도 덥지도 않고 연중 20도 내외라서 겨울이면 너무 춥고 숨쉬기도 힘들고 잔기침도 많은데 이곳에서 삼 년 정도 한국의 소와 젖소를 들여다가 키우고 가공하는 법을 가르쳐 주며 살기로 마음먹었습니다.

암이 재발할까 고심하지 않고, 내 도움을 받고 기술을 배우고 싶어 하는 곳이 비록 살기에 조금 불편해도, 간절히 원하는 그들에게 나의 모든 지식을 잘 전달할 수 있기를 간절히 소망합니다.

은아목장 (銀兒牧場)

1983년, 가남면 금당리 산41번지 초지 9.3헥타 조성 후 한우 입식

1984년, 경인목장 초임우 3두로 낙농 시작

1990년, 가남면 금당2리 산 42번지 은아목장 독립

1995년, P.M.O 우유 합격

1997년, V.I.P 우유 합격

1997년, 제1회 은아목장 후보 축 경매 실시

2006년, 낙농진흥회 낙농체험 목장 인증

2009년, 자연을 닮은 은아목장 및 10개 상표 특허청 등록

2009년, 경기도 밀크 스쿨 지정

2009년, 은아치즈 유가공업 허가 취득

2009년, 식품제조업 허가 취득

2010년, 목장 haccp 인증

2010년, 농림부 우수식생활 공간 취득

2012년, 홈페이지 인터넷 쇼핑몰 개설 및 전자 상거래 실시

2014년, 농진청 교육목장 인증

2014년, 여성가족부 청소년 수련인증

2015년, 6차산업 국가 인증

2015년, 인터넷 쇼핑몰 유제품 판매 시작, 11가지 제품 판매중

2016년, 친환경 인증

2016년, 유가공 haccp 인증

2018년, 6차산업 재인증

초판 1 쇄 2019년 8월 22일
지 은 이 _ 조옥향
펴 낸 이 _ 김현태
디 자 인 _ 디자인 창(디자이너 장창호)
펴 낸 곳 _ 따스한 이야기
등 록 _ No. 305-2011-000035
전 화 _ 070-8699-8765
팩 스 _ 02- 6020-8765
이 메 일 _ jhyuntae512@hanmail.net

따스한 이야기 페이스북
https://www.facebook.com/touchingstorypublisher

따스한 이야기는 출판을 원하는 분들의 좋은 원고를
기다리고 있습니다.

가격 14,000원